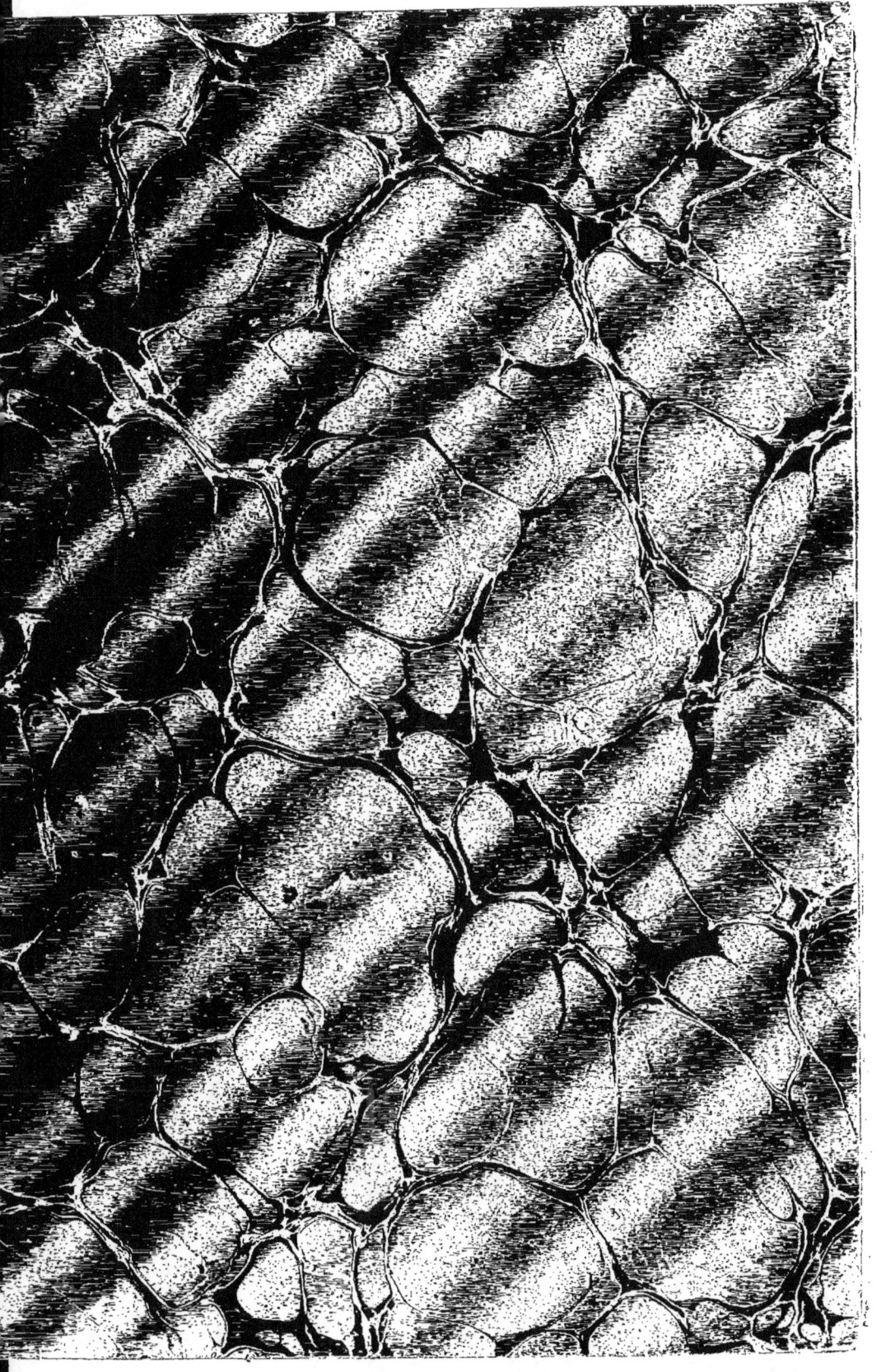

ÉLOGE

DE

LA FOLIE

PAR

ÉRASME

ORNÉ DES DESSINS

DE

HANS HOLBEIN

PARIS

LIBRAIRIE DES BIBLIOPHILES

Rue Saint-Honoré, 338

ÉLOGE

DE LA FOLIE

Il a été tiré 5o exemplaires sur papier de Hollande et 5o sur papier de Chine, numérotés.

Il a été fait en outre un tirage en grand papier, format in 8º carré, ainsi composé :

5oo exemplaires sur papier de Hollande.
2 5 — sur papier de Chine.
2 5 — sur papier Whatman.

ÉLOGE

DE

LA FOLIE

D'ÉRASME

TRADUIT PAR VICTOR DEVELAY

ET ACCOMPAGNÉ DES

DESSINS DE HANS HOLBEIN

TROISIÈME ÉDITION

PARIS

LIBRAIRIE DES BIBLIOPHILES

Rue Saint-Honoré, 338

M DCCC LXXVI

AVERTISSEMENT

L'ÉPOQUE encore bien troublée[1] à laquelle nous avons publié l'ÉLOGE DE LA FOLIE, avec les si curieux dessins d'Holbein, n'avait pas été sans nous donner quelque inquiétude sur le sort qui lui était réservé. Mais l'empressement des amateurs n'a pas tardé à dissiper nos craintes, et le succès a dépassé de beaucoup nos espérances : l'ouvrage, tiré, il est vrai, à un petit nombre, a été presque immédiatement épuisé. Aussi étions-nous sollicité depuis longtemps d'en imprimer une nouvelle édition ; mais, quelque certain que nous fussions cette fois de la réussite, nous avons toujours reculé de le faire, voulant au moins laisser pendant un temps, aux amateurs qui nous avaient encouragé de leur concours, la satisfaction d'être les seuls à posséder un ouvrage recherché de tous et devenu introuvable.

En raison du temps écoulé depuis lors, et sur l'annonce d'une édition analogue à la nôtre, nous croyons pouvoir sortir aujourd'hui de la réserve que nous nous étions imposée, et nous publions l'ÉLOGE DE LA FOLIE dans le format grand in-18, et à un prix qui le rend accessible pour un plus grand nombre d'acheteurs.

Nous n'avons pas, en effet, songé un seul instant à le réimprimer dans le format grand in-8, qui est et restera celui de

---

1. Novembre 1871.

notre édition originale. Mais, à l'intention des personnes qui ont pris l'édition des Colloques d'Érasme, *publiée dernièrement en trois volumes in-8 carré, nous faisons aussi une édition dans ce format, tirée à 5oo exemplaires sur papier de Hollande, plus les papiers de choix.*

*On pourra ainsi avoir, en quatre volumes in-8 carré, l'*Éloge de la Folie *et les* Colloques, *c'est-à-dire toute la partie des œuvres d'Érasme qui peut nous intéresser aujourd'hui et qui mérite véritablement d'être conservée. Quant à des exemplaires en grand papier, nous n'en avons pas voulu tirer : c'est notre première édition qui en tiendra lieu.*

Nous n'avons pas à apprécier par avance l'édition annoncée, sur laquelle nous devrions également nous abstenir de porter un jugement si elle avait déjà paru ; mais nous pouvons affirmer que la nôtre aura toujours le mérite unique de donner une reproduction absolument exacte de l'œuvre d'Holbein, que le Musée de Bâle nous a rendue possible en nous octroyant une autorisation dans des conditions tout exceptionnelles [1].

*Les dessins faits pour l'*Éloge de la Folie *ne portant pas de légende, nous avons cru devoir, cette fois comme lors de notre première édition, indiquer à la fin du volume les passages du texte auxquels ils semblent se rapporter.*

---

1. Voir ci-après la note de la première édition.

D. J.

Octobre 1876

NOTE

DE LA PREMIÈRE ÉDITION

———

L'OUVRAGE que nous offrons ici aux amateurs se présente dans toutes les conditions de bienvenue qui peuvent environner une publication. Un chef-d'œuvre de la littérature européenne, illustré par un des plus grands maîtres du dessin, imprimé avec tout le luxe que l'on peut souhaiter : voilà bien, sans doute, de quoi charmer tous les adeptes du Livre, de quelque côté que se portent habituellement leurs préférences. Donc, artistes, littérateurs ou bibliophiles, tous y trouveront leur compte, nous en avons la ferme conviction.

Ce n'est pas en vain que nous venons de prononcer le mot de « chef-d'œuvre de la littérature européenne ». Écrit en latin, à une époque où le latin était la langue de tous les gens éclairés, l'*Éloge de la Folie* s'adressait à l'Europe entière, dont cet ouvrage fut longtemps la lecture favorite. Mais ce qui avait fait l'universalité de son succès fut précisément ce qui faillit le condamner à un oubli immérité. Le latin, langue morte, un instant ressuscitée par les érudits du XVIe siècle, s'éteignit enfin pour toujours, et avec elle périrent la plupart des œuvres qui avaient imprudemment compté sur elle pour passer à la postérité. On put craindre alors que l'*Éloge de la*

Folie ne partageât le sort commun; mais le chef-d'œuvre
d'Érasme ne pouvait pas périr. Tandis que la plupart de ses
écrits, ensevelis à tout jamais dans la poussière de l'oubli,
sont à peine connus de nom par quelques érudits, l'*Éloge de la
Folie*, bravant l'épreuve du temps, est presque devenu un livre
populaire. Traduit dans toutes les langues de l'Europe, il l'a
été surtout en français. De toutes les traductions faites dans
notre langue, la plus estimée a été jusqu'à présent celle de
Barrett, publiée à Paris en 1789. Celle que nous donnons
aujourd'hui est-elle préférable à ses devancières? Aux lecteurs
de le décider. Nous dirons seulement qu'elle est due à M. Victor
Develay, qui depuis longtemps se consacre à la traduction
d'auteurs latins avec l'ardeur et la persévérance d'un véritable
érudit. C'est après s'être essayé, et avoir complétement réussi,
dans la traduction des *Colloques* d'Érasme, que M. Develay,
plus gagné par le charme de son auteur qu'arrêté par les difficultés du travail, a entrepris de traduire l'*Éloge de la Folie*.
Interprète également heureux de Catulle, de Salluste, il a
montré ainsi qu'il savait s'assimiler le génie de la langue latine
à toutes les époques, et assouplir la langue française aux exi-
gences d'un idiome qui, dans sa concision désespérante, semble
perpétuellement se dérober sous la plume du traducteur.

Peut-être eût-on désiré une Notice préliminaire en tête d'une
édition aussi importante que celle que nous publions aujour-
d'hui; mais, après le travail si connu de M. Nisard, il ne nous
a pas paru utile de recommencer l'histoire de la vie et des
œuvres d'Érasme. Nous avons préféré de beaucoup faire pré-
céder l'*Éloge de la Folie* de la *Lettre apologétique* adressée par
Érasme à Martin Dorpius [1]. Cette pièce, des plus intéressantes,
et qui n'a pas encore été traduite, est la meilleure préface que
nous pouvions trouver. Écrite à l'époque même où parut le
ivre, elle est une peinture vivante des hommes et des choses
du XVIe siècle, auxquels elle nous associe plus intimement que

---

1. Voir le texte latin de cette lettre dans l'édition de Bâle, 1676.

ne le pourrait faire l'étude la plus consciencieuse et la plus complète.

Le grand attrait de notre édition, pour les amateurs de gravures, sera dans les compositions d'Holbein, qui apparaissent pour la première fois telles que les a tracées la main du maître. Il ne s'agit pas ici d'une copie plus ou moins fidèle, ce sont les dessins eux-mêmes, photographiés sur bois, et gravés sur les photographies. Ces dessins, faits à la plume, se trouvent sur les marges d'un exemplaire de l'*Éloge de la Folie*, conservé au Musée de Bâle, et auprès duquel des amateurs de tous les pays viennent chaque jour en pèlerinage[1]. Trop souvent feuilleté par des mains peu soigneuses, dont il a malheureusement conservé les traces, le précieux exemplaire est protégé maintenant par une vitrine qui ne s'ouvre plus que rarement, et avec la recommandation expresse : « Regardez, mais ne touchez pas. » Aussi avons-nous de grandes obligations à l'aimable et intelligent directeur du Musée, M. His Heusler, pour l'exception qu'il a faite en notre faveur en confiant les dessins de l'*Éloge de la Folie* à M. Knauss, l'artiste chargé de les reproduire. Ils ne pouvaient, d'ailleurs, être remis en de meilleures mains, ni en de plus habiles, et l'exactitude avec laquelle se trouve ici représentée cette portion presque inconnue de l'œuvre d'Holbein remplira de joie les admirateurs du grand maître allemand.

Une inscription placée en tête de l'exemplaire de Bâle nous apprend que ces dessins ont été faits en dix jours par Holbein pour amuser Érasme[2]. Répondant à l'idée facétieuse de son ami, Érasme a mis en plusieurs endroits des annotations plaisantes, qui d'ailleurs manquent d'intérêt, et que nous n'avons pas reproduites. Holbein n'a pas lui-même donné de légendes à ses

---

1. C'est un exemplaire de l'édition in-4º, de 1523, ayant pour titre *Erasmi Roterodami Moriæ Encomium, cum commentariis Gerardi Listrii..... Apud inclytam Germaniæ Basilæam.*

2. Ce n'est pas, sans doute, la seule fois qu'Holbein s'est imaginé de

dessins, et l'on est quelquefois très-embarrassé de trouver les passages du texte auxquels ils se rapportent. Nous en avons fait la recherche pour éviter cette peine au lecteur, qui trouvera nos indications à ce sujet consignées à la fin du volume. L'éditeur de Bâle, 1676, le premier qui ait fait connaître les dessins d'Holbein, s'exprime en termes pompeux sur les merveilleux résultats obtenus par son graveur; mais, malgré toute l'indulgence que nous semble mériter une aussi honorable tentative, nous ne pouvons nous associer à cet enthousiasme. Nous ne voyons dans les gravures en taille-douce de 1676 qu'une informe imitation, à laquelle nous préférons encore de beaucoup une copie plus fidèle et plus intelligente, faite en gravure sur bois pour une édition de Bâle, 1780; mais encore l'artiste s'est-il permis d'achever certains dessins qui ne sont qu'ébauchés dans l'original [1].

Deux villes se sont partagé les préférences d'Érasme : Bâle, où il eut la douce satisfaction de voir ses œuvres se produire au jour sous l'œil attentif et vigilant du savant typographe Froben; — Paris, qu'il appelait sa ville *bien-aimée*, et qui le reçut dans ses bras hospitaliers, toujours ouverts aux grands hommes de tous les temps et de tous les pays. Il appartenait donc bien à un artiste bâlois et à un imprimeur parisien d'associer leurs efforts pour élever à Érasme un monument digne de son génie. On pourra trouver que l'époque encore troublée

---

tracer ainsi des dessins sur les marges d'un livre. Le jour où nous nous étions rendu à Bâle pour y prendre connaissance du célèbre exemplaire, nous avons rencontré au Musée un amateur parisien, M. Georges Danyau, qui venait d'acheter un exemplaire de la *Paraphrase de saint Luc,* sur les marges duquel se trouvaient également des dessins à la plume. Malheureusement le rognage les avait presque tous entamés; il nous fut néanmoins possible de les comparer aux dessins de l'*Éloge de la Folie*, et d'un examen attentif il résulta clairement pour nous, comme pour d'autres personnes qui étaient présentes, que ce devait être la même main qui avait tracé les uns et les autres.

1. Ces dessins ont ensuite été réunis en collection et publiés à Bâle, par Guillaume Haas, en 1829.

où nous vivons est mal choisie pour mettre en lumière ce double chef-d'œuvre de l'art et de l'esprit. Nous pensons, au contraire, que jamais moment n'a été plus opportun pour affirmer hautement les goûts intelligents et éclairés qui font l'honneur de notre malheureux pays, et contre lesquels n'ont pu prévaloir les triomphes éphémères de la force brutale. C'est par de semblables tentatives, aussi fréquentes, aussi éclatantes que possible, dans le domaine des lettres et des arts, que nous maintiendrons la suprématie qui nous reste aujourd'hui, celle de l'intelligence. Quant à la suprématie des armes, elle nous reviendra en son temps, par un juste « retour des choses d'ici-bas ».

Paris, octobre 1871.

D. JOUAUST.

ÉRASME DE ROTTERDAM

A MARTIN DORPIUS

Excellent théologien

SALUT.

Votre lettre ne m'a pas été remise ; mais pourtant un de mes amis m'en a montré à Anvers une copie qu'il avait reçue je ne sais comment. Vous déplorez la publication malheureuse de la *Folie ;* vous approuvez fort mon projet de restituer le texte de saint Jérôme ; vous me détournez de publier le *Nouveau Testament.* Tant s'en faut, mon cher Dorpius, que cette lettre de vous m'ait offensé en rien, que vous m'êtes devenu depuis bien plus cher, quoique vous m'ayez été toujours très-cher, tellement il y a de sincérité dans vos avis, d'amitié dans vos conseils, de tendresse dans vos reproches. La charité chrétienne a cela de propre que, même lorsqu'elle est le plus sévère, elle exhale le parfum de sa douceur native. Je reçois tous les jours quantité de lettres de savants qui me nomment la gloire de l'Allemagne, qui me comparent au soleil et à la lune, et qui m'accablent plus qu'ils ne me parent des titres les plus pompeux. Eh bien, que je meure si une seule de ces lettres m'a fait autant de plaisir que la lettre de réprimande de mon cher Dorpius ! Saint Paul a dit avec raison que *la charité ne pèche pas* : si elle flatte, c'est pour être utile ; si elle se fâche, c'est toujours dans le même but.

Plût au ciel qu'il me fût permis de répondre à loisir à votre lettre afin de m'acquitter envers un tel ami ! Je désire vivement gagner en tout ce que je fais votre approbation. Je fais un si grand cas de votre esprit presque divin, de votre érudition sans pareille, de la profondeur de votre jugement, que le suffrage seul de Dorpius a pour moi plus de prix que mille autres. Mais, encore souffrant du mal de mer, fatigué d'avoir été à cheval et, de plus, occupé à ranger mes bagages, j'ai pensé qu'il valait mieux répondre tant bien que mal, plutôt que de laisser mon ami dans cette opinion, soit que vous l'ayez conçue de vous-même, soit qu'elle vous ait été insinuée par d'autres qui vous ont suborné pour m'écrire cette lettre, afin de jouer leur comédie sous un masque d'emprunt.

Je vous l'avouerai franchement, je suis presque fâché d'avoir publié la *Folie*. Ce livre m'a procuré un peu de gloire, ou, si vous aimez mieux, de réputation. Mais je ne tiens pas à la gloire où se mêle l'envie. D'ailleurs, grands dieux, tout ce qu'on nomme communément gloire, qu'est-ce, sinon un mot totalement vide de sens, légué par le paganisme ? Il subsiste plus d'une expression de ce genre chez les chrétiens, qui appellent immortalité la réputation qu'on laisse à la postérité, et vertu l'amour des lettres quelles qu'elles soient. Dans tous les livres que j'ai publiés, je n'ai eu d'autre but que de me rendre utile par mon travail. A défaut de cela, j'ai tenu du moins à ne causer de tort à personne.

Aussi, tandis que nous voyons même des grands hommes

abuser de leur savoir pour satisfaire leurs passions : l'un chanter ses amours ridicules, l'autre flatter ceux qu'il veut amadouer ; celui-ci, insulté, riposter à coups de plume ; celui-là se faire sa trompette et surpasser, en célébrant ses louanges, les Thrasons et les Pyrgopolinices[1] ; néanmoins, malgré mon peu de talent et mon mince savoir, j'ai toujours visé à être utile autant que je le pouvais, ou du moins à ne blesser personne. Homère a vengé sa haine contre Thersite par une sanglante hypotypose. Combien de gens Platon n'a-t-il pas blessés dans ses *Dialogues* en les désignant par leurs noms? Aristote a-t-il ménagé quelqu'un, lui qui n'a épargné ni Platon ni Socrate ? Démosthène s'est répandu en invectives contre Eschine. Cicéron en a fait autant contre Pison, contre Vatinius, contre Salluste, contre Antoine. Que d'individus Sénèque raille et censure en les nommant ! Si nous envisageons les modernes, Pétrarque contre un médecin, Valla[2] contre le Pogge[3], Politien[4] contre Scala[5], ont fait une arme de leur plume. Pourrait-on m'en citer un seul parmi les plus modérés qui n'ait froissé personne dans ses écrits ? Saint Jérôme lui-même, avec toute sa piété et sa sagesse, n'a pu s'empêcher de prendre feu contre Vigilance[6], d'attaquer durement Jovinien[7] et de se déchaîner contre Rufin[8]. Les savants ont toujours eu pour habitude de confier au papier, comme à un ami fidèle, leurs chagrins ou leurs joies, et d'épancher dans son sein les agitations de leur cœur. Il en est

---

1. Types du soldat fanfaron dans les comédies de Plaute.
2. Humaniste italien du XVe siècle.
3. Humaniste italien, chancelier de Florence (1380-1459).
4. Humaniste italien (1454-1494).
5. Littérateur italien, chancelier de Florence (1430-1497).
6. Hérésiarque gaulois de la fin du IVe siècle.
7. Hérésiarque romain, mort après 412.
8. Écrivain ecclésiastique romain (345-410).

même qui n'ont composé des livres que pour y insérer en passant leurs impressions personnelles et les transmettre ainsi à la postérité.

Quant à moi, qui ai publié tant de volumes où je loue de très-bonne foi nombre de personnes, je le demande, de qui ai-je jamais dénigré la réputation? A qui ai-je fait la plus légère offense? Quelle nation, quel ordre, quel individu ai-je critiqués en les nommant? Et si vous saviez, mon cher Dorpius, combien de fois j'ai été poussé à le faire par des outrages que nul n'aurait supportés! Néanmoins, j'ai toujours maîtrisé mon ressentiment : j'ai moins songé au traitement que méritait une telle malveillance qu'au jugement que porterait de moi la postérité. Si le public avait connu la vérité aussi bien que moi, on ne m'aurait pas jugé mordant, mais bienveillant, plein de réserve et de modération.

Je me suis dit : « Qu'importent aux autres nos passions personnelles? Parlera-t-on de nos démêlés dans les pays lointains ou dans l'avenir? Je ferai non ce que méritent mes adversaires, mais ce qui est digne de moi. D'ailleurs je n'ai point de si grand ennemi que je ne souhaite, s'il est possible, convertir en ami. Pourquoi m'en ôter les moyens? Pourquoi écrire maintenant contre un ennemi ce qu'un jour je voudrais vainement n'avoir point écrit contre un ami? Pourquoi marquer de noir celui à qui je ne pourrai plus rendre sa blancheur, lors même qu'il l'aurait mérité? J'aime mieux pécher en prônant des gens qui en sont peu dignes qu'en blâmant ceux qui le méritent. Louer quelqu'un à tort passe pour de la naïveté; si au contraire vous peignez au vif l'être le plus méprisable, on l'impute non à sa conduite, mais à votre passion : sans compter que les représailles qui s'ensuivent amènent quelquefois une grande guerre, et que les mauvais propos que l'on se lance tour à tour, de

part et d'autre, allument souvent un terrible incendie. Et de
même qu'il n'est pas chrétien de rendre le mal pour le mal, il
n'est pas d'un cœur généreux de venger son ressentiment par
des injures, comme font les femmes. »

Guidé par ces considérations, je me suis promis de bannir de
mes écrits tout ce qui peut nuire ou blesser, et de ne les ternir
jamais par l'ombre du mal. Je me suis proposé dans la *Folie* le
même dessein que dans mes autres ouvrages, quoique par des
moyens différents. Dans le *Manuel*, j'ai tracé simplement le
tableau de la vie chrétienne. Dans le livre de l'*Éducation d'un
prince*, j'ai exposé ouvertement tous les devoirs d'un chef d'État.
Dans le *Panégyrique*, sous le voile de la louange, j'ai traité
indirectement le sujet que j'ai développé plus haut à visage
découvert. La *Folie* n'est que la reproduction, sous une forme
badine, des idées contenues dans le *Manuel*. J'ai voulu avertir,
et non attaquer ; être utile, et non offenser ; réformer les mœurs,
et non scandaliser.

Platon, ce philosophe si grave, approuve les nombreuses
rasades, parce qu'il sait que la gaieté du vin dissipe certains
vices que la sévérité ne saurait corriger. Horace est d'avis que
dans les conseils le ton badin ne réussit pas moins que le sérieux : *Qui empêche*, écrit-il, *de dire la vérité en riant*[1] ? Ils
le sentaient bien, ces hommes les plus sages de l'antiquité, qui
ont mieux aimé exposer les préceptes de conduite les plus salutaires dans des fables en apparence ridicules et puériles, parce
que la vérité un peu austère par elle-même, embellie par l'attrait du plaisir, pénètre plus aisément dans l'esprit des mortels.
C'est là ce miel que, dans Lucrèce, le médecin, pour guérir
l'enfant, applique autour d'une coupe d'absinthe. Les princes,

---

1. Satires, I, 1, 24.

en introduisant jadis dans leurs cours cette espèce de fous, ont voulu, grâce à une liberté de langage dont personne ne s'offensait, connaître leurs défauts et s'en corriger. Peut-être serait-il inconvenant de faire figurer le Christ sur cette liste ; mais, s'il est permis de comparer en quelque sorte les choses du ciel à celles de la terre, ses paraboles n'ont-elles pas une certaine affinité avec les fables des anciens ? La vérité évangélique, ornée de cette parure, se glisse doucement dans les cœurs et s'y grave plus avant que si elle se présentait toute nue. C'est ce que saint Augustin démontre éloquemment dans son ouvrage de la *Doctrine chrétienne.*

En voyant à quel point l'esprit des hommes était gâté par les opinions les plus déraisonnables, et cela dans toutes les conditions de la vie, je souhaitais un remède sans trop l'espérer. Je crus donc avoir trouvé le moyen, grâce à cet artifice, de m'insinuer en quelque sorte dans les oreilles délicates, et de guérir tout en plaisant. J'avais remarqué bien des fois que cette façon agréable et badine d'admonester réussit à merveille. Si vous me répondez que le personnage que j'ai mis en scène est trop frivole pour se prêter à la discussion de matières sérieuses, peut-être avouerai-je mon tort. Ce n'est pas précisément le reproche d'ineptie que je repousse, c'est celui d'aigreur, bien que je puisse parfaitement me laver du premier en invoquant, à défaut d'autres raisons, l'exemple de tant d'hommes considérables que j'ai cités dans la préface de mon livre.

Que pouvais-je faire ? J'arrivais alors d'Italie, et j'étais logé chez mon ami Morus[1]. Un mal de reins me forçait de garder la chambre pendant plusieurs jours ; mes livres n'étaient pas encore arrivés, et, lors même qu'ils eussent été à ma dispo-

---

1. Homme d'État et écrivain anglais (1480-1535).

sition, la maladie ne me permettait pas de me livrer à des travaux sérieux. Je me mis à composer, en m'amusant, l'*Éloge de la Folie*, non dans le dessein de le publier, mais pour faire diversion aux souffrances de la maladie. J'en fis goûter le commencement à quelques bons amis, afin de rire davantage par une lecture en commun. Ils en furent enchantés et m'engagèrent à continuer. J'obéis, et je consacrai à cette besogne à peu près sept jours ; dépense de temps qui, je l'avoue, me parut considérable, vu la futilité du sujet. Depuis, ces mêmes amis qui m'avaient poussé à écrire emportèrent mon livre en France où on l'imprima, mais d'après une copie tout à fait inexacte et tronquée. Cela me contraria d'autant plus que dans l'espace de quelques mois il en parut plus de sept éditions, qui le répandirent de tous côtés. J'étais surpris moi-même d'un pareil engouement.

Si vous appelez cela une sottise, mon cher Dorpius, j'accepte votre accusation, ou du moins je n'irai pas à l'encontre. Cette sottise, l'oisiveté et la déférence pour mes amis en sont la cause, et c'est la seule que j'aie commise dans ma vie. Quel est l'homme sage à toute heure ? Vous convenez vous-même que mes autres productions sont fort estimées des gens pieux ainsi que des savants. Quels sont donc ces censeurs si rigides, ou plutôt ces aréopagites, qui ne veulent point pardonner à un homme une seule ineptie ? Par quel excès d'humeur chagrine, choqués d'un livre qui prête à rire, dépouillent-ils tout d'un coup un écrivain du fruit de tant de veilles antérieures ? Que de sottises cent fois plus fortes que celle-là ne pourrais-je pas relever ailleurs, et même dans de grands théologiens qui, forgeant des questions contentieuses et vides de sens, ferraillent entre eux pour de misérables vétilles comme s'il s'agissait de leurs autels et de leurs foyers ! Et encore, ces

farces extravagantes, beaucoup plus absurdes que les atellanes [1],
ils les jouent sans masque. Moi, du moins, j'ai montré plus
de réserve : en voulant déraisonner, j'ai pris le masque de la
Folie, et, de même que dans Platon [2] Socrate se couvre le visage
pour réciter les louanges de l'Amour, j'ai joué cette comédie
sous un déguisement.

Vous dites que ceux mêmes à qui le sujet déplaît louent
l'esprit, le savoir et l'éloquence qui y règnent, mais que sa
forme trop mordante les blesse. Ces censeurs me font plus
d'honneur que je ne veux, car je ne tiens pas à ces éloges,
surtout venant de gens à qui je ne reconnais ni esprit, ni savoir,
ni éloquence. S'ils étaient doués de ces qualités, croyez-le bien,
mon cher Dorpius, ils ne s'offenseraient pas tant de badinages
plus salutaires qu'ingénieux et savants. Je vous le demande au
nom des Muses, quels yeux, quelles oreilles, quel palais on
donc ceux que blesse dans ce livre la causticité? D'abord quelle
causticité peut-il y avoir là où pas un nom n'est censuré, hors
le mien? A-t-on donc oublié ce que saint Jérôme répète tant
de fois, qu'une discussion générale des vices n'a rien de bles-
sant pour personne? Si quelqu'un s'en offense, il a tort de
s'en prendre à l'auteur : c'est à lui-même, s'il veut, qu'il doit
demander réparation, car il se trahit en déclarant que c'est lui
personnellement que concerne un langage qui, s'adressant à
tout le monde, n'atteint que ceux qui veulent se l'approprier.
Ne voit-on pas que dans tout l'ouvrage, loin d'attaquer les
individus, ma critique ménage même les nations? En signalant
l'amour-propre particulier à chaque peuple, j'assigne aux Espa-

---

1. Petites pièces bouffonnes et licencieuses ainsi nommées de Atella,
ville de la Campanie.

2. *Phèdre.*

gnols la gloire militaire, aux Italiens la littérature et l'éloquence, aux Anglais la bonne chère et la beauté physique, aux
autres, enfin, des qualités de ce genre, que leurs nationaux
avoueront volontiers ou du moins dont ils riront. En outre,
quand, pour obéir aux nécessités de mon sujet, je passe en
revue toutes les conditions sociales et que je relève les défauts
de chacune, je le demande, me suis-je servi d'un seul mot obscène ou venimeux? Ai-je ouvert la sentine des vices? Ai-je
remué le bourbier secret de la vie humaine? Assurément, que
de choses j'aurais pu dire contre les mauvais pontifes, contre
les évêques et les prêtres pervers, contre les princes vicieux,
enfin contre tous les ordres sans exception, si, à l'exemple de
Juvénal, je n'avais pas rougi d'écrire ce que bien des gens ne
rougissent pas de faire! J'ai montré le côté plaisant et risible
plutôt que le côté hideux, et encore ai-je eu soin de glisser
en passant des conseils sur les devoirs les plus sérieux de la vie,
dont la connaissance importe essentiellement.

Je sais que vous n'avez pas le temps de descendre à de pareilles frivolités; mais, si jamais vous avez un moment de reste,
examinez avec un peu d'attention ces plaisanteries bouffonnes
de la *Folie :* vous verrez assurément qu'elles ont bien plus de
rapport avec les dogmes des Évangélistes et des Apôtres que
certaines dissertations pompeuses que l'on trouve dignes des
grands maîtres. Vous convenez vous-même, dans votre lettre,
que ce livre renferme beaucoup de vérités, mais votre opinion
est qu'il ne fallait pas *blesser les oreilles délicates par des vérités
mordantes*[1]. Si vous pensez qu'il est défendu de parler librement et que la vérité ne doit se produire qu'autant qu'elle est
inoffensive, pourquoi les médecins emploient-ils des drogues

---

1. Perse, Satire I, 107.

amères et regardent-ils le *hierapicra*[1] comme un des remèdes les plus souverains? Puisque ceux qui guérissent les maux du corps agissent ainsi, n'avons-nous pas cent fois le droit d'en faire autant pour guérir les maladies de l'âme? *Supplie*, dit saint Paul, *blâme, gourmande, opportunément, importunément*[2]. L'Apôtre veut que l'on fasse la guerre aux vices par tous les moyens, et vous ne voulez pas que l'on touche à aucune plaie, même en usant de tels ménagements qu'il ne peut y avoir de blessé que celui qui prend plaisir à se blesser lui-même?

S'il existe un moyen de guérir les vices des hommes sans faire de tort à personne, le meilleur de tous, assurément, c'est quand on ne cite aucun nom, ensuite quand on fuit des détails qui répugnent à l'oreille des honnêtes gens (car, de même que dans la tragédie il y a des faits trop hideux pour être exposés aux regards des spectateurs, et qu'il suffit de raconter, de même dans les mœurs des hommes il y a des choses trop obscènes pour qu'on puisse en parler sans rougir); enfin, quand les choses sont présentées d'une façon plaisante, sous un masque bouffon, en sorte que la gaieté du langage exclut toute offense. Ne voyons-nous pas quel effet produit parfois, même sur des tyrans cruels, une plaisanterie agréable dite avec à-propos? Je vous le demande, quelle prière, quel discours sérieux aurait pu désarmer la colère de ce roi aussi aisément que le fit le bon mot d'un soldat? *Ah !* s'écria-t-il, *si la bouteille ne nous avait fait défaut, nous en aurions dit bien d'autres sur votre compte.* Le roi[3] se mit à rire et pardonna. Ce n'est pas sans

---

1. Électuaire purgatif ainsi nommé à cause de son amertume et des vertus miraculeuses qu'on lui attribuait.
2. Épître à Timothée. II, iv, 2.
3. Pyrrhus.

raison que les deux plus grands rhéteurs, Cicéron et Quintilien, développent avec tant de soin les moyens d'exciter le rire.
Le charme et l'agrément de la conversation ont une telle
puissance que des mots piquants décochés adroitement, même
contre nous, nous font plaisir; témoin ce que l'histoire rapporte de Jules César.

Or, puisque vous reconnaissez que j'ai écrit la vérité et que
mon style est enjoué sans être obscène, quel meilleur moyen
pouvait-on imaginer pour remédier aux maux qui sont le partage de l'humanité? Le plaisir allèche d'abord le lecteur et,
après l'avoir alléché, il le captive. En général, les goûts sont
différents; le plaisir flatte également tout le monde, à moins
qu'on ne soit trop stupide pour être accessible au sentiment
du plaisir littéraire. Certes, ceux qui s'offensent d'un livre où
personne n'est nommé ressemblent, à mon avis, à ces commères qui, entendant attaquer les femmes de mauvaise vie, se
fâchent comme si ce blâme s'appliquait à toutes, et qui ensuite,
lorsqu'on loue les femmes honnêtes, s'applaudissent comme si
le mérite de deux ou trois concernait le sexe entier. Une pareille ineptie est indigne d'un homme, à plus forte raison d'un
homme instruit, mais surtout d'un théologien. Si je rencontre
là un vice dont je suis innocent, loin de m'en offenser, je
me féliciterai d'être exempt d'un mal dont je vois que beaucoup d'autres sont atteints. Si au contraire on touche à quelque ulcère et que je me reconnaisse comme dans un miroir, il
n'y a pas de quoi m'offenser. Si je suis prudent, je dissimu-
lerai mon impression et n'irai pas me trahir moi-même; si je
suis honnête, je me tiendrai pour averti et ferai en sorte
qu'on ne puisse pas désormais m'appliquer directement en face
ce reproche que je vois énoncé indirectement. Pourquoi ne pas
accorder au moins à ce livre ce que les ignorants mêmes admet-

tent dans les comédies publiques? Que de sarcasmes n'y lance-
t-on pas en toute liberté contre les monarques, contre les
prêtres, contre les moines, contre les femmes, contre les maris,
que sais-je encore? Et pourtant, parce que personne n'est atta-
qué nommément, tout le monde rit et chacun avoue ingénu-
ment sa faiblesse ou la dissimule prudemment. Les tyrans les
plus farouches supportent leurs bouffons et leurs fous, qui les
blessent quelquefois par des insultes manifestes. L'empereur
Vespasien ne punit pas celui qui lui reprochait d'avoir la mine
d'un homme qui va à la selle. Quels sont donc ces gens à l'o-
reille si délicate qui ne souffrent même pas que la *Folie* plaisante sur la vie des hommes en général, sans stigmatiser un
seul nom? Jamais la comédie antique n'aurait été sifflée si elle
se fût abstenue de désigner par leurs noms les hommes illustres.

Cependant, excellent Dorpius, vous m'écrivez presque comme
si le livre de la *Folie* m'avait aliéné tout l'ordre théologique.
« Quelle nécessité, dites-vous, d'attaquer si vivement l'ordre
des théologiens? » Puis vous plaignez mon sort. « Autrefois,
ajoutez-vous, tout le monde lisait vos ouvrages avec un vif
empressement, on mourait d'envie de vous voir; aujourd'hui,
la *Folie*, comme Dave [1] gâte tout. » Je sais que vous écrivez
toujours sans arrière-pensée, et je n'userai pas de détours avec
vous. En vérité, pensez-vous qu'on attaque l'ordre théologique
en blâmant les théologiens insensés ou méchants, et par conséquent indignes de ce nom? A ce compte, quiconque blâmera
les scélérats aura pour ennemi tout le genre humain. Quel est
le roi assez impudent pour ne pas reconnaître qu'il y a de
mauvais rois, indignes de cet honneur? Quel est l'évêque as-

---

1. Esclave d'Horace introduit par le poëte dans une de ses satires (11, 7
et qui, usant de la liberté des saturnales, dit à son maître ses vérités.

sez hardi pour n'en pas dire autant de son ordre? L'ordre des théologiens, parmi tous ses membres, ne compte-t-il aucun sot, aucun ignorant, aucun querelleur, et ne nous offre-t-il que des Paul, des Basile et des Jérôme? Non, il s'en faut, car plus une profession est relevée, moins elle a de sujets qui y répondent. On trouve plus de bons pilotes que de bons princes, plus de bons médecins que de bons évêques. Du reste, ce fait n'est point à la honte de l'ordre, mais à la louange du petit nombre de ceux qui se sont le plus distingués dans l'ordre le plus éminent.

Dites-moi, je vous prie, pourquoi les théologiens, si toutefois il en est d'offensés, s'offensent-ils plutôt que les rois, que les grands, que les magistrats, que les évêques, que les cardinaux, que les souverains pontifes; enfin plutôt que les commerçants, que les maris, que les femmes, que les jurisconsultes, que les poëtes (car la *Folie* n'a excepté aucune condition sociale), si ce n'est qu'ils sont assez dépourvus de sens pour s'appliquer à eux-mêmes ce qui s'adresse en général aux méchants? Saint Jérôme a écrit à Eustochie[1] *sur la virginité,* et, dans ce livre, il dépeint les mœurs des mauvaises filles avec tant de vérité qu'un Apelles ne saurait mieux les montrer aux yeux. Eustochie s'en est-elle offensée? A-t-elle blâmé saint Jérôme d'avoir déshonoré l'ordre des vierges? Pas le moins du monde. Pourquoi cela? Parce que cette vierge sage ne prenait pas pour elle ce qui s'adressait aux mauvaises filles. Elle était heureuse, au contraire, que l'on invitât les bonnes à ne point dégénérer et les mauvaises à se convertir. Il a écrit à Népotien[2] *sur la vie des clercs,* il a écrit à Rusticus[3] *sur la vie*

---

1. Grande dame romaine qui renonça au monde et vécut dans la sainteté.
2. Jeune prêtre dont saint Jérôme a fait l'éloge funèbre.
3. Moine gaulois.

des moines, en peignant des plus vives couleurs et en censu-
rant de la façon la plus mordante les vices des deux états.
Ceux à qui il écrivait ne s'en sont pas offensés, convaincus
que rien de tout cela ne les concernait. Pourquoi Guillaume
Montjoy [1], qui n'occupe pas à la cour le dernier rang, n'a-t-il
pas été blessé des plaisanteries que la *Folie* s'est permises
contre les hauts dignitaires des cours ? Parce que ce seigneur,
plein de sagesse et de bonté, estime avec raison que ce qui
s'adresse aux grands pervers et insensés ne le regarde pas.
Que de sarcasmes la *Folie* n'a-t-elle pas lancés contre les évêques vicieux et mondains ! Pourquoi l'archevêque de Cantor-
béry [2] ne s'en est-il pas ému ? Parce que ce modèle de toutes
les vertus n'y voit rien qui le concerne. Mais à quoi bon continuer la nomenclature des princes, des évêques, des abbés,
des cardinaux, des savants illustres, dont pas un jusqu'à présent ne m'a témoigné l'ombre d'un mécontentement à cause
de la *Folie* ?

  Je ne puis être amené à croire que des théologiens s'irri-
tent de ce livre, sauf peut-être un très-petit nombre, qui sont
ou inintelligents, ou jaloux, ou d'une humeur si chagrine
qu'ils ne trouvent absolument rien de bon. Tout le monde
sait que dans cette profession il se rencontre certains individus
d'un esprit et d'un jugement si bornés qu'ils ne sont propres
à aucune science, et moins encore à la théologie. Quand ils
ont appris par cœur quelques règles d'Alexandre de Villedieu [3],
qu'ils ont effleuré les niaiseries de la sophistique, qu'ils ont

---

1. Gentilhomme anglais à qui Érasme a dédié ses *Adages*.
2. Guillaume Warham, ami d'Érasme.
3. Écrivain du XIIIe siècle, natif de Villedieu en Normandie. Sous le
titre de *Doctrinale puerorum*, il a composé une grammaire latine en vers
léonins.

retenu dix propositions d'Aristote sans les comprendre, et
autant de questions de Scot[1] ou d'Ockam[2], se réservant pour
le reste de puiser dans le *Catholicon,* le *Mammetrectus* et
autres dictionnaires de même sorte, comme dans une corne
d'abondance, il faut voir comme ils dressent la crête, car rien
n'est plus arrogant que l'ignorance. Ce sont ceux-là qui
méprisent saint Jérôme comme un grammairien, parce qu'ils
ne le comprennent pas. Ils se moquent du grec, de l'hébreu, et même du latin ; et, bien qu'ils soient plus bêtes
qu'un âne et qu'ils n'aient pas le sens commun, ils se croient
la sagesse incarnée. Ils tranchent, condamnent, prononcent,
ne doutent de rien, ne sont embarrassés de rien, n'ignorent rien. Et pourtant ces deux ou trois individus font
souvent bien du bruit. Qu'y a-t-il, en effet, de plus impudent et de plus entêté que l'ignorance ? Ils conspirent
avec acharnement contre les belles-lettres. Voulant à tout
prix être quelque chose dans le sénat des théologiens, ils
craignent que, si les belles-lettres venaient à renaître et que
le monde se réveillât, on ne s'aperçoive que tels qui jusqu'alors passaient pour tout savoir ne savent rien. De là leurs
cris, leur guerre, leur conjuration contre les hommes qui cultivent les belles-lettres. La *Folie* leur déplaît parce qu'ils ne
savent ni grec ni latin. Attaquer en passant de pareils êtres,
qui n'ont rien du théologien, qui ne sont que les histrions de
la théologie, est-ce nuire à l'ordre illustre entre tous des bons
théologiens ? Si c'est le zèle de la piété qui les enflamme,
pourquoi en veulent-ils de préférence à la *Folie* ? Que d'im-

---

1. Célèbre théologien et philosophe anglais surnommé le *Docteur subtil*
(1274-1308).
2. Philosophe anglais né au village d'Ockam, dans le comté de Surrey,
mort à Munich en 1347.

piétés, que d'ordures, que d'abominations le Pogge n'a-t-il
pas écrites ! Cependant il passe pour un auteur chrétien et se
trouve dans toutes les poches ; on l'a traduit dans presque
toutes les langues. Que d'injures, que d'outrages Pontan[1] ne
vomit-il pas contre le clergé ! Cependant on le lit pour sa
grâce et son enjouement. Que d'obscénités dans Juvénal !
Cependant il y en a qui le recommandent même aux prédicateurs. Avec quel outrage Tacite, avec quelle hostilité Suétone,
ne parlent-ils pas des chrétiens ! Avec quelle impiété Pline et
Lucien ne se moquent-ils pas de l'immortalité de l'âme ! Cependant tout le monde les lit pour s'instruire, et on a raison.
La *Folie* seule, parce qu'elle s'est permis quelques plaisanteries,
non contre les bons théologiens vraiment dignes de ce nom,
mais contre les discussions frivoles des ignorants et contre le
titre ridicule de *Notre Maître,* rencontre des détracteurs. Deux
ou trois charlatans, affublés du costume de théologien, s'éver-
tuent à me rendre odieux, sous prétexte que j'ai offensé l'ordre
des théologiens et mérité sa haine. Je fais un si grand cas de
la théologie que je l'ai toujours considérée comme la science
unique. Je professe pour cet ordre une si profonde vénération
que c'est le seul dans lequel je me sois enrôlé et dont j'aie
voulu faire partie. Néanmoins, je n'oserai jamais m'arroger
un si beau titre, car je n'ignore pas quels trésors de science et
de vertu exige le nom de théologien. Il y a dans ce titre je ne
sais quoi de surhumain ; c'est un honneur qui appartient aux
évêques, et non à des gens comme moi. Pour ma part, convaincu, d'après le dire de Socrate, que nous ne savons absolument rien, je me borne à aider les travaux des autres en ce
que je puis.

---

1 Homme d'État et humaniste italien (1426-1503).

J'ignore, en vérité, où se nichent ces deux ou trois dieux de la théologie qui, à vous entendre, sont indisposés contre moi. Depuis la publication de la *Folie*, j'ai beaucoup voyagé ; dans toutes les grandes villes où j'ai passé, dans toutes les académies où j'ai vécu, je n'ai pas remarqué de théologien qui me fût hostile, sauf un ou deux faisant cause commune avec les ennemis des belles-lettres. Encore ne m'ont-ils jamais demandé d'explications. Fort de l'opinion unanime des bons, je me soucie peu de ce qu'ils disent tout bas contre un absent. Si je ne craignais, mon cher Dorpius, qu'on ne vît dans mon langage plus d'orgueil que de sincérité, je pourrais vous citer une foule de théologiens célèbres par la sainteté de leur vie, distingués par leur savoir, éminents par leurs dignités, et même dans le nombre quelques évêques, qui ne m'ont jamais témoigné autant d'affection que depuis la publication de la *Folie*, et auxquels ce livre plaît plus qu'à moi-même. Je produirais ici leurs noms et titres si je ne craignais que ces trois théologiens ne se déchaînassent contre tous ces grands personnages à cause de la *Folie*. Il y en a un du moins que je soupçonne d'être parmi vous l'auteur de cette tracasserie, car j'en suis à peu près réduit à des conjectures. Si je voulais le dépeindre au naturel, personne ne s'étonnerait que la *Folie* ait déplu à un homme de cette espèce. Certes elle ne me plairait guère si elle ne déplaisait à de telles gens ; quoiqu'elle ne me plaise pas, elle me déplaît moins par cela seul qu'elle ne plaît pas à de pareils esprits. Je fais plus de cas de l'opinion des théologiens sages et éclairés qui, bien loin de m'accuser de causticité, louent ma modération et ma candeur pour avoir traité sans licence un sujet licencieux par lui-même et avoir badiné sans coups de dent.

En effet, pour ne répondre qu'aux théologiens, puisque

2.

ce sont les seuls qui paraissent offensés, qui ne sait tous les
propos que l'on débite communément contre les mœurs des
mauvais théologiens ? La *Folie* ne touche à rien de semblable ;
elle ne fait que railler leurs discussions oiseuses ; non contente
de les désapprouver, elle condamne encore ceux qui placent
en elles seules, comme l'on dit, *la poupe et la proue* [1] de la
théologie et qui s'occupent tellement de ce que saint Paul
appelle des logomachies qu'ils n'ont le temps de lire ni l'É-
vangile, ni les Prophètes, ni les Apôtres. Et plût à Dieu, mon
cher Dorpius, que ce reproche n'atteignît qu'un petit nombre !
Je pourrais vous citer des vieillards de quatre-vingts ans passés
qui ont perdu tout leur temps dans de pareilles futilités et
n'ont jamais ouvert l'Évangile ; j'en ai acquis la preuve, et
ils ont fini par me l'avouer eux-mêmes. Je n'ai pas même
osé, sous le masque de la *Folie*, articuler une plainte que
j'entends souvent exprimer par beaucoup de théologiens,
mais de vrais théologiens, c'est-à-dire des hommes intègres,
graves, érudits, qui ont puisé à ses sources la doctrine du
Christ : chaque fois qu'ils se trouvent avec des personnes
devant lesquelles ils peuvent s'épancher librement, ils dé-
plorent cette nouvelle forme de théologie qui s'est intro-
duite dans le monde, et regrettent l'ancienne. En effet, quoi de
plus saint, de plus auguste, et qui reflète avec plus de vérité
les dogmes célestes du Christ ? Or, sans parler de la bassesse
et des monstruosités d'un langage barbare et artificiel, sans
parler de l'ignorance absolue des belles-lettres et du manque
de connaissance des langues, Aristote, les inventions humaines,
les lois profanes, ont tellement défiguré cette forme première

---

1. Proverbe grec qui, par une métaphore tirée d'un vaisseau, indique les
diverses parties d'un tout.

que je me demande si elle offre l'image pure et fidèle du
Christ. Car il arrive qu'à force d'envisager les traditions humaines on perd de vue l'archétype. Aussi les théologiens
éclairés sont-ils souvent obligés de tenir devant le public un
langage qui contraste avec leurs sentiments et leurs entretiens
intimes, et ne savent-ils que répondre quelquefois à ceux qui
les consultent, en reconnaissant que le Christ enseigne telle
chose et que les traditions humaines prescrivent telle autre.
Je le demande, quel rapport y a-t-il entre le Christ et Aristote, entre les subtilités des sophistes et les mystères de la
sagesse éternelle ? A quoi bon les labyrinthes de tant de questions ? Dans le nombre, combien n'y en a-t-il pas d'oiseuses,
et combien d'autres sont dangereuses, ne fût-ce qu'à cause
des disputes et des divisions qu'elles engendrent. — Mais,
direz-vous, il est des points qu'il faut éclaircir, il en est qu'il
faut résoudre. — D'accord. Mais aussi il y en a beaucoup
qu'il vaut mieux négliger que rechercher. La science consiste
à ignorer certaines choses ; il est souvent plus sage de douter
que de décider. Si cependant il fallait décider, je voudrais
qu'on le fît d'une façon respectueuse et non arrogante, en
s'appuyant sur les livres divins et non sur les raisonnements
imaginaires des hommes. Aujourd'hui on ne tarit pas de petites questions où éclatent les dissensions des sectes et des
partis ; tous les jours on voit naître de nouveaux décrets.
Bref, on en est arrivé au point que toute la religion dépend
moins des préceptes du Christ que des définitions de la scho-
lastique et de l'autorité des évêques, quels qu'ils soient. Aussi
tout a été tellement défiguré qu'il n'y a plus d'espoir de ramener le monde au véritable christianisme. Les hommes les plus
pieux et les plus savants reconnaissent avec douleur cette vérité
et bien d'autres, et ils attribuent la cause première de tout

le mal à la conduite hardie et irrévérencieuse des nouveaux
théologiens.

Ah ! si vous pouviez, mon cher Dorpius, lire au fond de
mon âme, vous verriez clairement tout ce que la prudence
m'a fait taire à ce sujet. La *Folie* ne parle point de cela, ou,
du moins, elle en parle très-légèrement, pour ne froisser personne. J'ai toujours usé des mêmes ménagements, ne voulant
écrire rien d'obscène, rien de dangereux pour les mœurs, rien
de séditieux, rien qui eût un caractère offensant pour aucun
ordre. Chaque fois qu'il est question du culte des saints, vous
trouverez toujours une annotation indiquant hautement qu'on
ne blâme que la superstition de ceux qui n'honorent pas les
saints comme il faut. Si je parle contre les princes, contre les
évêques, contre les moines, j'ai toujours eu soin de déclarer
que j'attaquais non l'ordre, mais les gens corrompus et indignes de leur ordre, dans la crainte de blesser un honnête
homme en faisant la guerre aux vices des méchants. De plus,
en évitant de nommer qui que ce soit, j'ai fait tout mon possible pour que les méchants mêmes ne pussent s'offenser. Enfin,
en faisant jouer toute la pièce par un personnage fictif et
comique, et en l'assaisonnant de plaisanteries, j'ai tâché d'être
agréable même aux gens tristes et moroses.

Mais, d'après votre lettre, on ne me reproche pas seulement d'être caustique, on m'accuse encore d'impiété. « Comment des oreilles pieuses, dites-vous, peuvent-elles souffrir que
j'appelle le bonheur de la vie future une espèce de folie ? »
De grâce, excellent Dorpius, qui donc a enseigné à votre
candeur à calomnier d'une manière aussi perfide ? ou, ce qui
me paraît plus vraisemblable, quel est le fourbe qui a abusé de
votre simplicité pour ourdir contre moi cette calomnie ? Ces
calomniateurs si dangereux ont pour habitude de détacher

deux mots, pris isolément, souvent même défigurés, en omet-
tant tout ce qui adoucit et explique la rudesse du langage.
Quintilien, dans ses *Institutions*, signale et enseigne cette ruse.
« Il faut, dit-il, produire notre cause de la façon la plus avan-
tageuse, en accumulant les preuves et en y joignant tout ce
qui peut l'adoucir, l'atténuer et la seconder ; au contraire, il
faut exposer celle de la partie adverse sans rien de tout cela,
et dans les termes les plus odieux qu'il nous sera possible. »
Cet art, ils ne l'ont pas puisé dans les préceptes de Quintilien,
mais dans leur malveillance par laquelle il arrive souvent que
des choses qui plairaient infiniment si on les rapportait comme
elles ont été écrites, lues différemment deviennent très-offen-
santes. Relisez, je vous prie, ce passage, et examinez bien
par quels degrés, par quelle progression du discours je suis
arrivé à dire que cette félicité était une espèce de folie. De
plus, remarquez en quels termes j'explique cela ; vous verrez
qu'il y a même de quoi charmer les oreilles vraiment pieuses,
tant s'en faut qu'il y ait rien de choquant. C'est dans votre
citation que gît le scandale, et non dans mon livre. En effet,
la Folie, voulant ranger sous sa domination le monde entier
et prouver que tout le bonheur du genre humain dépend
d'elle, parcourt toutes les conditions sociales, jusqu'aux rois
et aux souverains pontifes. Elle passe ensuite aux apôtres et
même au Christ, auxquels nous savons que les livres saints
attribuent une espèce de folie. Il n'est pas à craindre qu'on en
conclue que les apôtres et le Christ aient été réellement fous,
mais qu'ils avaient je ne sais quoi de faible et d'emprunté à
nos passions, qui, devant la sagesse éternelle et sans tache,
peut paraître peu sage. Mais cette folie-là surpasse toute la
sagesse du monde. C'est ainsi que le prophète compare toute
la justice humaine au linge d'une femme sali par ses men-

strues, non que la justice des honnêtes gens soit souillée, mais parce que ce qu'il y a de plus pur parmi les hommes est en quelque sorte impur si on le compare à la pureté ineffable de Dieu. Et de même que j'ai montré la folie sage, je représente l'insanité raisonnable et la démence sensée. Pour tempérer ce que j'allais dire ensuite du bonheur des saints, je signale d'abord les trois délires de Platon, dont le plus délicieux, celui des amants, n'est autre chose qu'une sorte d'extase. Or l'extase des âmes pieuses n'est autre chose qu'un avant-goût de la béatitude future, par laquelle nous serons tout entiers absorbés en Dieu, vivant en lui plutôt qu'en nous. Et Platon entend par le mot *délire* l'état de quelqu'un qui, emporté hors de lui, vit dans ce qu'il aime et en jouit. Ne voyez-vous pas comme j'ai soin de distinguer ensuite les genres de folie et d'insanité, dans la crainte que les gens simples ne puissent se méprendre à mes paroles ?

« Mais, dites-vous, je ne conteste pas le fond ; ce sont les termes qui répugnent aux oreilles pieuses. » Pourquoi ces mêmes oreilles ne s'offensent-elles donc pas en entendant saint Paul dire *la folie de Dieu* et *la folie de la croix* ? Pourquoi ne font-elles pas de procès à saint Thomas, qui s'exprime ainsi sur l'extase de saint Pierre : *Dans son pieux égarement d'esprit il commence un sermon sur les tabernacles ?* Il qualifie d'*égarement d'esprit* ce saint et heureux ravissement, et pourtant cela se chante dans les églises. Pourquoi n'avouerai-je pas que jadis moi-même, dans une prière, j'ai surnommé le Christ magicien et enchanteur ? Saint Jérôme l'appelle le *Samaritain*, bien qu'il soit juif. Saint Paul le nomme le *péché*, comme si le pécheur était un terme trop doux. Il le nomme le *Maudit*. Quelle injure sacrilège, si on l'interprète méchamment ! Quel pieux éloge, si on l'entend dans le sens de saint

Paul ! D'après cela, si l'on donnait au Christ les noms de voleur, d'adultère, d'ivrogne, d'hérétique, ne verrait-on pas tous les honnêtes gens se boucher les oreilles ? Mais si l'on énonçait tout cela en termes convenables, si, à l'aide d'un développement qui conduirait le lecteur pour ainsi dire par la main, on lui expliquait peu à peu : comment le Christ, triomphant par la croix, a ramené à son père la proie qu'il avait arrachée aux Enfers ; comment il s'est uni à la synagogue de Moïse, comme à l'épouse d'Urie, pour en faire naître un peuple pacifique ; comment, ivre du vin de la Charité, il s'est sacrifié pour nous ; comment il a introduit un nouveau genre de doctrine entièrement opposé à tous les préceptes des sages et des fous ; je le demande, qui pourrait s'en offenser ? D'autant plus que chacun de ces mots figure souvent dans les saintes Écritures, employé en bonne part. Dans les *Adages* (ce souvenir me revient en passant), j'ai comparé les Apôtres à des Silènes[1], et j'ai même dit que le Christ était un Silène. Qu'un interprète malveillant s'avise d'expliquer cela en trois mots d'une façon odieuse, quoi de plus abominable ? Mais qu'un lecteur pieux et honnête lise ce que j'ai écrit, il approuvera l'allégorie.

Je m'étonne qu'on n'ait pas remarqué avec quel ménagement je m'exprime, et comme j'ai soin de mitiger la chose par

---

1. Rabelais nous donne l'explication de ce mot : *Alcibiades, on dialogue de Platon intitulé* Le Banquet, *louant son precepteur Socrates, sans controverse prince des philosophes, entre aultres parolles, le dict estre semblable és Silenes. Silenes estoyent jadiz petites boytes, telles que voyons de present és bouticques des apothecaires, painctes au dessus de figures joyeuses et frivoles, comme de harpyes, satyres, oysons bridez, lievres cornuz, canes bastées, boucqz vollans, cerfs lymonniers, et aultres telles painctures contrefaictes à plaisir, pour exciter le monde à rire : quel feut Silene, maistre du bon Bacchus ; mais, on dedans, lon reservoyt les fines drogues, comme baulme ambre griz, amomon, muscq, zivette, pierreries, et aultres choses pretieuses.* Prologue de l'auteur.

une correction. Voici ce que je dis : *Mais, puisque j'ai revêtu la peau du lion, je veux aller plus loin et vous démontrer que la félicité que les chrétiens achètent au prix de tant de sacrifices n'est qu'un certain genre de démence et de folie. Ne vous scandalisez pas des mots ; n'envisagez que la chose.* Vous l'entendez : avant que la Folie ne s'explique sur ce mystère, j'ai la précaution de lui faire dire par un proverbe qu'elle vient de revêtir la peau du lion. Je ne dis pas simplement « la démence et la folie », mais « un genre de démence et de folie », pour faire comprendre qu'il y a une pieuse démence et une heureuse folie, d'après la distinction que j'établis ensuite. Indépendamment de cela, j'ajoute « un certain » pour faire voir que je parle au figuré, et non littéralement. Non content de tout cela, je préviens l'offense qui pourrait résulter du son des mots, et j'avertis de faire plus attention à ce que je dirai qu'aux termes dont je me servirai. C'est ainsi que j'énonce tout d'abord ma proposition. Ensuite, en la développant, ne me suis-je pas exprimé avec toute la piété, avec tous les ménagements désirables, et sur un ton plus respectueux qu'il ne sied à la Folie ? Mais, dans ce cas, j'ai mieux aimé oublier un instant les convenances que de manquer à la dignité du sujet ; j'ai préféré offenser la rhétorique plutôt que de blesser la piété. Et, à la fin, lorsque j'ai prouvé mon argument, pour que personne ne soit scandalisé de ce que sur un sujet si saint j'ai fait parler la Folie, c'est-à-dire un personnage bouffon, je m'excuse en ces termes : *Mais voilà longtemps que je m'oublie et que je franchis les limites. S'il vous semble que j'ai jasé avec trop de sans-gêne et de loquacité, songez que c'est la Folie, et que c'est une femme qui a parlé.* Vous voyez que je n'ai rien négligé pour ôter prise au scandale. Mais tout cela échappe à des gens dont les oreilles n'admettent que propo-

sitions, conclusions et corollaires. N'ai-je pas muni mon livre
d'une préface dans laquelle je m'efforce de prévenir tout reproche ? Je ne doute pas qu'elle ne satisfasse tous les esprits
de bonne foi. Mais comment faire avec des gens qui, par
entêtement, refusent toute satisfaction, ou qui, par stupidité,
ne la comprennent pas ? Car, de même que Simonide [1] pré-
tendait que les Thessaliens étaient trop bêtes pour qu'il pût
les tromper, on voit des gens qui sont trop stupides pour
qu'on puisse les désabuser. En outre, il n'est pas rare d'en
trouver qui dénigrent pour le plaisir de dénigrer. Qu'on lise
avec de pareilles dispositions les ouvrages de saint Jérôme,
on y découvrira cent passages qui donnent prise à la chicane,
et il peut arriver que le plus chrétien de tous les docteurs
soit traité d'hérétique. Je ne parle pas de Cyprien, de Lac-
tance et autres semblables.

D'ailleurs, a-t-on jamais vu soumettre un sujet badin au
tribunal des théologiens ? S'il en est ainsi, pourquoi, en
vertu de cette loi, n'examinent-ils pas aussi les œuvres des
poëtes de nos jours ? Que d'obscénités n'y trouveront-ils pas !
que de choses qui sentent le vieux paganisme ! Mais parce
que ces productions n'ont pas un caractère sérieux, aucun
théologien ne les juge de son ressort. Je ne cherche point
à m'appuyer sur cet exemple. Je ne voudrais pas avoir
écrit, même légèrement, quelque chose qui pût, en aucune
façon, porter atteinte à la piété chrétienne. Qu'on me donne
seulement quelqu'un qui comprenne ce que j'ai écrit ; qu'on
me donne un homme juste et intègre qui aime la vérité et qui
ne cherche pas à dénigrer. Mais ceux à qui j'ai affaire, dépourvus d'esprit et de jugement, n'ayant aucune teinture des

---

1. Poëte grec, du VIIe siècle avant J.-C.

belles-lettres, infectés plutôt que nourris d'une science mal-
saine et confuse, ennemis de tous ceux qui savent ce qu'ils
ignorent, ne visent qu'à rabaisser tout ce qui leur tombe sous
les yeux. Pour échapper à leur malveillance, il faudrait renoncer complétement à écrire. En outre, le désir de la gloire
en pousse un assez grand nombre à dénigrer, car rien n'est
plus présomptueux que l'ignorance qui se croit savante. Aussi,
dévorés du désir de se faire un nom, et ne pouvant y parvenir
pas des moyens honnêtes, plutôt que de vivre obscurs, ils
aiment mieux imiter ce jeune Éphésien [1] qui se rendit célèbre
en brûlant le temple le plus fameux de l'univers. Et comme
ils ne peuvent rien produire qui mérite d'être lu, ils s'appliquent uniquement à déprécier les ouvrages des écrivains en
réputation. Je parle des autres, et non de moi, qui ne suis
absolument rien. Je fais vraiment trop peu de cas du livre de
la *Folie* pour qu'on s'imagine que ces procédés me blessent.
Qu'y a-t-il donc d'étonnant que des gens tels que je viens de
les dépeindre détachent d'un grand ouvrage quelques propositions, et rendent l'une scandaleuse, l'autre irrévérencieuse,
celle-ci malsonnante, celle-là impie et hérétique, non que ces
mauvaises choses existent dans le livre, mais parce que ce sont
eux qui les y apportent ? Ne serait-il pas plus conciliant et
plus digne de la candeur chrétienne d'encourager les travaux
des savants, et, si par hasard il leur échappe une inadvertance,
de fermer les yeux ou de l'interpréter avec bienveillance, au
lieu de chercher à blâmer d'une façon hostile et de se conduire
en sycophante, et non en théologien ? Ne vaudrait-il pas
mieux nous prêter un mutuel concours soit en enseignant, soit
en apprenant, et, pour me servir des termes de saint Jérôme,

---

1. Érostrate.

nous exercer dans le champ des lettres sans nous faire de mal ?
Mais on ne saurait croire combien ces gens-là ont peu d'im-
partialité. Rencontrent-ils dans certains écrivains une erreur des
plus manifestes, ils invoqueront pour la défendre les prétextes
les plus frivoles ; ils s'acharnent tellement contre d'autres qu'il
n'est pas de proposition, si mesurée qu'elle soit, qu'ils ne con-
testent par quelque raison. Au lieu de ces luttes dans lesquelles
ils déchirent et se font déchirer, en perdant tout à la fois leur
temps et celui des autres, ne feraient-ils pas mieux d'apprendre
le grec ou l'hébreu, ou du moins le latin ? Ces connaissances
sont si indispensables pour l'étude des sciences divines que je
considère comme le comble de l'impudence de les ignorer et
de se dire théologien.

Aussi, excellent Martin, en raison de mon amitié pour vous,
je ne cesserai de vous engager, comme je l'ai déjà fait souvent, à joindre à vos connaissances au moins l'étude du grec.
Vous êtes doué d'une intelligence rare. Votre style ferme,
nerveux, coulant et abondant, annonce un esprit judicieux et
fécond. Vous n'avez pas atteint la maturité de l'âge, vous
êtes encore dans toute sa verdeur et son printemps, vous venez
d'achever avec succès le cours ordinaire des études. Croyez-
moi, si à ces brillants débuts vous ajoutez le couronnement de
la littérature grecque, j'ose me promettre, à moi et aux autres,
que vous réaliserez de grandes choses et que vous dépasserez
tous les théologiens modernes. Si vous êtes d'avis qu'il faille
mépriser toute science humaine par amour pour la véritable
piété ; si vous pensez que l'âme, en se transfigurant dans le
Christ, arrive plus vite à la sagesse, et que tout ce qui mérite
d'être su s'acquière plus complétement avec les lumières de la
foi qu'à l'aide des livres des hommes, je partagerai volontiers votre sentiment. Mais si, suivant l'ordre des choses

humaines, vous vous flattez de connaître réellement la théologie sans posséder les langues, notamment celle qui nous
a transmis les saintes Écritures, vous êtes tout à fait dans
l'erreur. Plût au ciel que je pusse vous convaincre autant que
je le désire : je le désire autant que je vous aime et que
je m'intéresse à vos études ; or je vous aime de toute mon
âme, et je vous porte le plus vif intérêt. Si je ne parviens pas
à vous persuader, consentez du moins, sur les prières de votre
ami, à essayer. J'accepte toute espèce de punition si vous ne
reconnaissez pas que mon conseil était celui d'un ami dévoué.
Si vous faites cas de l'amitié que j'ai pour vous ; si mon titre
de compatriote a quelque poids ; si vous avez égard, je n'ose-
rais dire à mon savoir, mais du moins à mon rude appren-
tissage des belles-lettres ; si vous respectez un peu mon âge
(car, sous le rapport des années, je pourrais être votre père),
daignez exaucer ma demande de gré ou de force, à défaut de
persuasion. Cette éloquence que vous voulez bien m'attribuer,
je n'y aurai foi que quand je vous aurai convaincu. Si je
réussis, nous nous réjouirons tous deux : moi de vous avoir
donné ce conseil, et vous de l'avoir suivi. Et, quoique vous
me soyez le plus cher de tous mes amis, vous me deviendrez
plus cher encore par cela même que je vous aurai rendu plus
cher à vous-même. Autrement, je crains que, dans un âge
plus avancé, instruit par l'expérience, vous n'approuviez mon
conseil en condamnant votre résolution, et que, comme il arrive
toujours, vous ne reconnaissiez votre erreur quand il ne sera plus
temps d'y remédier. Je pourrais vous énumérer par leurs noms
quantité de personnes qui, sous des cheveux blancs, sont rede-
venues enfants en apprenant le grec, parce qu'elles avaient enfin
reconnu que sans cela l'étude des lettres est incomplète et stérile.
Mais en voilà déjà trop sur ce sujet ; je reviens à votre lettre.

Vous croyez que le seul moyen de calmer la haine des théologiens et de regagner leur ancienne faveur serait d'opposer, par une sorte de *palinodie*, les louanges de la Sagesse à l'éloge de la Folie. Vous me recommandez vivement, vous me suppliez de le faire. Pour ma part, cher Dorpius, je ne méprise personne, excepté moi, et je voudrais, s'il était possible, contenter tout le monde. Je n'hésiterais donc pas à entreprendre cette tâche si je ne prévoyais que la haine, qui a pu se produire chez un très-petit nombre de gens injustes et ignorants, loin de s'apaiser, redoublerait de violence. Par conséquent, je crois plus sage *de ne pas réveiller le mal endormi et de ne pas remuer le bourbier*. Il vaut mieux, si je ne me trompe, laisser mourir cette hydre avec le temps. Passons maintenant à la seconde partie de votre lettre.

Vous approuvez fort le soin que je prends de rétablir le texte de saint Jérôme, et vous m'encouragez à des travaux du même genre. En cela, vous pressez un homme qui court ; d'ailleurs, j'ai plus besoin d'aide que d'encouragement, tant la tâche est difficile. Je veux que dorénavant vous n'ajoutiez foi à aucune de mes paroles si ce que je vais vous dire n'est pas l'exacte vérité. Ces gens à qui la *Folie* déplaît si fort n'approuveront pas l'édition de saint Jérôme. Ils en veulent aux Basile, aux Chrysostome, aux Grégoire de Nazianze, presque autant qu'à moi, avec cette différence qu'ils se déchaînent contre moi plus librement ; quoique souvent, dans le feu de la colère, ils ne se fassent pas scrupule de traiter indignement ces grands génies. Ils redoutent les belles-lettres et craignent pour leur tyrannie. Vous allez voir que mes pressentiments sont fondés. Aussitôt que je me fus mis à l'œuvre, et que le bruit s'en répandit, des hommes qui passent pour graves et qui

se croient de grands théologiens accoururent auprès de l'imprimeur et le supplièrent par tout ce qu'il y a de plus sacré de
n'admettre ni grec ni hébreu, disant que ces écrits étaient
très-dangereux, qu'ils ne procuraient aucun avantage, et ne
servaient qu'à satisfaire la curiosité. Quelque temps auparavant, lorsque j'étais en Angleterre, le hasard voulut que je me
trouvasse à table avec un franciscain, partisan du premier
Scot, lequel passait aux yeux du vulgaire pour très-savant, et
aux siens pour ne rien ignorer. Quand je lui eus communiqué
mon projet sur saint Jérôme, il parut fort étonné qu'il pût y
avoir dans cet auteur quelque chose qu'un théologien ne com-
prît pas. C'était un homme d'une telle ignorance que je me
suis demandé si, dans tous les ouvrages de saint Jérôme, il
comprenait trois lignes comme il faut. Ce plaisant personnage
ajouta que, si j'étais embarrassé dans mes notes sur saint
Jérôme, Briton avait tout expliqué parfaitement. Je vous le
demande, cher Dorpius, que faire avec de pareils théologiens?
Peut-on leur souhaiter autre chose qu'un médecin habile qui
guérisse leur cerveau? Ce sont pourtant des gens de cet acabit
qui crient le plus fort dans les assemblées théologiques; ce
sont ceux-là qui prononcent sur le christianisme. Ils redoutent,
ils abhorrent comme un danger et un fléau ce que saint Jérôme, ce qu'Origène lui-même, dans sa vieillesse, a acquis
à force de sueurs pour devenir un vrai théologien. Saint
Augustin, étant évêque et déjà vieux, regrette, dans son
livre des *Confessions,* d'avoir négligé dans sa jeunesse une
étude qui, pour l'explication des saintes Écritures, aurait pu
lui être d'une grande utilité. S'il y a danger, je ne crains pas
de m'exposer à un péril que des hommes si sages ont affronté ;
s'il y a curiosité, je ne veux pas être plus saint que saint
Jérôme ; et quant à ceux qui taxent de curiosité ce qu'il

a fait, je les laisse juges de l'honneur qu'ils lui font.

Il existe un décret très-ancien de la cour de Rome qui crée des docteurs chargés de l'enseignement public des langues, tandis que, pour l'étude de la sophistique et de la philosophie d'Aristote, il n'y a jamais rien eu de prescrit. Probablement que les décrets mettent en doute l'utilité de cette étude, qui d'ailleurs est contestée par plusieurs auteurs éminents. Pourquoi négligeons-nous ce que l'autorité pontificale a ordonné, pour nous attacher uniquement à ce qui est mis en doute et même désapprouvé? Du reste, ils n'ont pas été plus heureux avec Aristote qu'avec les saintes Écritures. On retrouve partout la Némésis vengeresse des mépris de la langue. Là encore, généralement ils divaguent, rêvent, ne voient goutte, se cassent le nez et débitent de véritables monstruosités. C'est à ces fameux théologiens que nous devons de ne posséder qu'un très-petit nombre de cette foule d'auteurs que saint Jérôme énumère dans son *Catalogue*, parce qu'ils ont écrit dans une langue que *nos maîtres* ne comprenaient pas. C'est à eux que nous devons d'avoir un saint Jérôme si défectueux et si tronqué que les autres ont plus de peine à rétablir le texte de ses ouvrages qu'il n'en a eu lui-même à les composer.

Quant à ce que vous m'écrivez en troisième lieu sur le *Nouveau Testament*, je me demande en vérité ce qui vous est arrivé et ce que vous avez fait de votre jugement si perspicace. Vous ne voulez pas que j'y fasse de changements, à moins toutefois que le grec ne présente un sens plus clair, et vous prétendez que l'édition vulgaire dont nous nous servons est irréprochable. Vous considérez comme un crime d'ébranler en quoi que ce soit une chose qui a reçu l'approbation de tant de siècles et de tant de synodes. Dites-moi, très-savant Dorpius,

si vous êtes dans le vrai, pourquoi saint Jérôme, pourquoi saint
Ambroise, font-ils souvent des citations qui diffèrent de ce que
nous lisons ? Pourquoi saint Jérôme blâme-t-il et corrige-t-il
de son chef plusieurs passages qui ont été conservés dans cette
édition ? Que ferez-vous en présence de tant de témoignages
réunis, c'est-à-dire quand les textes grecs offrent une leçon
toute différente, que cette leçon est citée par saint Jérôme,
qu'elle est reproduite par les manuscrits latins les plus anciens,
et que le sens qu'elle donne se rapporte mieux au sujet ? Irez-
vous braver toutes ces autorités pour suivre votre texte, probablement défiguré par un copiste ? Assurément personne ne
prétend qu'il y ait des mensonges dans les saintes Écritures,
comme vous paraissez le craindre, et il ne s'agit pas ici de la
polémique de saint Augustin avec saint Jérôme ; mais ce qui
saute aux yeux, ce qu'un aveugle même, comme l'on dit,
peut voir, c'est que souvent, par l'inhabileté ou par la né-
gligence du traducteur, le grec a été mal rendu ; que souvent une leçon vraie et fidèle a été altérée par des copistes
ignorants (nous voyons cela tous les jours), quelquefois même
changée par des demi-savants inattentifs. Lequel favorise plus
le mensonge, de celui qui corrige et rétablit le texte, ou de
celui qui aime mieux laisser subsister une faute que de l'en-
lever ? D'autant plus que la corruption d'un texte a cela de
particulier qu'une faute en entraîne une autre. La plupart de
mes changements portent plus sur l'expression que sur le sens
même, quoique souvent l'expression influe beaucoup sur le
sens. Mais il arrive plus d'une fois qu'on s'est complétement
trompé. Dans ce cas, je vous le demande, à quoi ont eu
recours les Augustin, les Ambroise, les Hilaire, les Jérôme,
sinon aux sources grecques ? Et, bien que cette méthode ait
été approuvée par les décrets ecclésiastiques, vous usez de

faux-fuyants, et vous cherchez à la réfuter, ou plutôt à l'éluder, par une distinction. Vous dites qu'anciennement les textes grecs étaient plus corrects que les latins, mais qu'aujourd'hui c'est tout le contraire, et qu'il ne faut pas s'en rapporter à des ouvrages dont les auteurs se sont séparés de l'Église romaine. J'ai peine à croire que vous professiez cette opinion. Comment ! nous ne lirons pas les ouvrages de ceux qui ne partagent pas la foi chrétienne ? Pourquoi donc accorde-t-on une si grande autorité à Aristote, un païen qui n'a jamais rien eu de commun avec la foi ? Le peuple juif tout entier ne reconnaît pas le Christ : les *Psaumes* et les *Prophètes*, qui sont écrits dans leur langue, n'auront donc pour nous aucune valeur ? Examinez tous les points sur lesquels les Grecs sont en désaccord avec les Latins orthodoxes, vous n'en trouverez pas un seul qui soit basé sur les paroles du *Nouveau Testament* ou qui s'y rattache. Toute leur controverse roule sur la Trinité, sur la procession du Saint-Esprit, sur les cérémonies de la consécration, sur la pauvreté des prêtres, sur le pouvoir du pontife romain. Et aucune des preuves qu'ils invoquent ne s'appuie sur des textes falsifiés. Que diriez-vous si vous voyiez leurs arguments confirmés par les Origène, les Chrysostome, les Basile et les Jérôme ? De leur temps avait-on falsifié les textes grecs ? A-t-on jamais découvert dans les textes grecs un seul endroit falsifié ? D'ailleurs, pourquoi les Grecs les auraient-ils falsifiés, puisqu'ils ne s'en servent pas pour la défense de leurs dogmes ? Ajoutez à cela que Cicéron, qui pourtant n'était pas ami des Grecs, avoue lui-même que, pour toute espèce de science, leurs textes sont toujours plus purs que ceux des Latins. En effet, la différence des lettres, l'accentuation et la difficulté même de l'écriture, font que les erreurs sont plus rares, et que, s'il s'en produit, il est plus facile d'y remédier.

En me conseillant de ne pas m'écarter de cette édition, approuvée sans doute par tant de conciles, vous agissez comme ces théologiens vulgaires qui attribuent généralement à l'autorité ecclésiastique tout ce qui est consacré par l'usage. Citez-moi un seul synode qui ait approuvé cette édition. Peut-on approuver une chose dont personne ne connaît l'auteur ? Car les préfaces mêmes de saint Jérôme attestent qu'elle n'est pas de lui. Mais je suppose qu'un synode l'ait approuvée, cette approbation implique-t-elle la défense d'y rien changer d'après les sources des Grecs ? Approuve-t-il également toutes les fautes qui ont pu s'y glisser de mille façons ? Le décret des Pères a-t-il été conçu en ces termes : « Nous ne savons pas quel est l'auteur de cette édition ; néanmoins nous l'approuvons. Nous ne voulons pas qu'il y soit fait de changement, lors même que les textes grecs les plus corrects offriraient une leçon différente, que les Chrysostome, les Basile, les Athanase, les Jérôme, auraient lu différemment, et que cette leçon s'adapterait mieux au sens de l'Évangile, quoique, dans tout le reste, nous approuvions fort ces mêmes auteurs. Bien plus, à l'avenir, tout ce qui aura été, n'importe comment, corrompu, altéré, ajouté ou omis, soit par des demi-savants ou des audacieux, soit par des copistes ignorants, ivres ou négligents, nous l'approuvons avec la même autorité, et nous voulons que personne ne puisse rien changer au texte une fois admis. » — C'est un décret ridicule, dites-vous. — Mais il faut qu'il soit rédigé de la sorte, si vous invoquez l'autorité d'un synode pour me détourner de ce travail. Enfin, que dirons-nous en voyant que les exemplaires de cette édition ne s'accordent pas ? Est-ce que le synode a encore approuvé ces divergences, ayant prévu probablement tous les changements qui seraient faits ?

Ah ! plût à Dieu, mon cher Dorpius, que les pontifes romains eussent assez de loisir pour publier sur cette matière de sages édits qui ordonnassent de rétablir les textes des bons auteurs, afin d'en préparer et d'en redonner des éditions correctes ! Mais je ne voudrais pas voir siéger dans ce conseil ces gens qu'on nomme, bien à tort, théologiens, et qui ne visent qu'à faire prévaloir ce qu'ils ont appris. Rien n'est plus inepte et plus confus que ce qu'ils savent. Avec de pareils tyrans, il arrivera que les meilleurs écrivains de l'antiquité seront rejetés, et que le monde sera forcé d'accepter comme des oracles leurs contes à dormir debout. Ils sont tellement dépourvus de véritable savoir que j'aimerais cent fois mieux être un artisan médiocre que le premier de leur bande en n'ayant pas une science plus éclairée. Voilà des hommes qui ne veulent pas que l'on touche aux textes, dans la crainte de paraître avoir ignoré quelque chose. Ils nous opposent l'autorité fictive des conciles; ils exagèrent les périls de la foi chrétienne, les dangers de l'Église, qu'il portent apparemment sur leurs épaules, plutôt faites pour traîner la charrue. C'est ainsi qu'ils abusent le vulgaire ignorant et superstitieux, qui les regarde comme des théologiens et dont ils ne voudraient pas amoindrir l'opinion. Ils craignent qu'après avoir cité faussement les saintes Écritures, comme ils le font tous les jours, on ne leur jette à la face l'autorité de la vérité grecque ou hébraïque, en leur prouvant que leurs prétendus oracles ne sont que des rêveries. Saint Augustin, ce grand homme, tout évêque qu'il était, ne dédaignait pas d'être instruit par un enfant d'un an. Ces gens-là aiment mieux tout mettre sens dessus dessous que de risquer de paraître ignorer quoi que ce soit dans le domaine entier de l'érudition.

D'ailleurs, je ne vois rien là qui intéresse beaucoup la pureté de la foi chrétienne; et, quand elle serait en jeu, ce serait une

raison de plus de redoubler d'efforts. Il n'est pas à craindre que
l'on se détache tout d'un coup du Christ, en apprenant par hasard qu'il existe dans les saints livres des passages qu'un copiste
ignare ou négligent a défigurés, ou qu'un traducteur inconnu
a rendus d'une façon inexacte. Ce danger tient à d'autres causes, que la prudence m'empêche de révéler ici. Ne serait-il pas
plus chrétien, au lieu de toutes ces querelles, de contribuer,
chacun dans la mesure de ses forces, au bien commun, et de
s'y prêter de bonne foi, en apprenant sans fierté ce que l'on
ignore et en enseignant sans jalousie ce que l'on sait ? S'il en
est qui ne soient pas assez instruits pour enseigner convenable-
ment, ou qui soient trop orgueilleux pour apprendre quelque
chose, comme le nombre en est petit, laissons-les de côté et
attachons-nous aux bons esprits, ou du moins à ceux qui promettent de le devenir. J'ai montré jadis mes notes encore in-
formes, encore à la forge comme l'on dit, à des personnes
très-honorables, à de grands théologiens, à des évêques fort
savants, qui tous m'ont avoué que ces ébauches telles quelles
les avaient éclairés d'une vive lumière pour la connaissance des
saintes Écritures.

Je savais parfaitement que Laurent Valla, comme vous le
dites, s'était occupé avant moi de ce travail, puisque c'est moi
qui ai publié le premier ses annotations ; j'avais vu les commentaires de Le Febvre [1] sur les Épîtres de saint Paul ; et plût à Dieu
que leurs travaux eussent été exécutés de telle sorte que le
mien devînt inutile ! Assurément je considère Valla comme un
homme d'un grand mérite. Plus rhéteur que théologien (bien
qu'il ne manque pas de théologiens qui n'ont jamais lu d'un
bout à l'autre l'Ancien et le Nouveau Testament), il a visé

---

1. Polygraphe français, né à Étaples (1455-1537).

surtout, dans son étude sur les saintes Écritures, à comparer le grec et le latin; mais je ne suis pas de son avis dans quelques endroits, principalement en ce qui concerne la partie théologique. Jacques Le Febvre avait en mains ses commentaires quand je préparais mon travail, et il est fâcheux que dans nos entretiens intimes nous n'ayons songé ni l'un ni l'autre à parler de notre projet. Je n'ai eu connaissance de son dessein que lorsque l'ouvrage a été imprimé. Je loue beaucoup ses efforts; néanmoins je ne suis pas non plus de son avis dans certains endroits, et je le regrette, car j'aurais voulu partager en tout la manière de voir d'un tel ami, si la vérité n'était pas préférable à l'amitié, surtout quand il s'agit des saintes Écritures.

Mais je ne vois pas clairement pourquoi vous m'opposez ces deux personnages. Est-ce pour me détourner d'une tâche que vous croyez accomplie? On verra que, même après ces grands esprits, j'ai eu raison d'entreprendre ce travail. Voulez-vous dire que les théologiens soient mécontents de l'œuvre de mes prédécesseurs? Je ne vois pas vraiment en quoi Valla a pu s'attirer cette haine invétérée. J'entends louer Le Febvre par tout le monde. D'ailleurs, notre travail ne se ressemble pas tout à fait. Valla n'a annoté que quelques passages, et cela, comme on le voit, en courant et d'une manière superficielle. Le Febvre n'a commenté que les Épîtres de saint Paul, en les traduisant à sa façon et en se contentant de signaler les points controversés. Pour moi, j'ai traduit tout le Nouveau Testament d'après les textes grecs, et j'ai mis le grec vis-à-vis, afin de faciliter la comparaison. J'ai ajouté des notes à part, où j'établis, soit par des preuves, soit par l'autorité des anciens théologiens, la raison de mes changements, afin de justifier mes corrections et d'empêcher qu'on ne les altère. Plût à Dieu que je pusse m'acquitter de cette œuvre, à laquelle j'ai consacré

tous mes efforts ! Pour ce qui est relatif à l'Église, je ne crain-
drai pas de soumettre ce faible fruit de mes veilles à tout évêque, à tout cardinal et même à tout souverain pontife, pourvu
qu'il ressemble à celui que nous avons aujourd'hui. Enfin, je
ne doute pas que vous-même, qui me dissuadez actuelle-
ment de publier ce livre, vous ne me félicitiez un jour de son
apparition, une fois que vous aurez un peu goûté d'une
langue sans laquelle il est impossible de bien juger ces choses-là.

Par cette démarche, mon cher Dorpius, vous avez acquis
une double reconnaissance : d'abord celle des théologiens, en
remplissant avec tant de zèle la mission dont ils vous avaient
chargé, et ensuite la mienne, en me témoignant par une leçon
si amicale votre affection pour moi. Vous mettrez le comble à
ma satisfaction, et, si vous êtes sage, vous écouterez un ami
qui veut uniquement votre bien, plutôt que ceux qui ne désirent attirer dans leur faction un esprit aussi distingué que le
vôtre que pour renforcer leurs troupes par l'adjonction d'un si
grand capitaine. Qu'ils reviennent à de meilleurs sentiments,
s'il est possible ; sinon, attachez-vous au parti le plus sage. Si
vous ne pouvez pas les rendre meilleurs, ce que je voudrais que
vous fissiez, prenez garde du moins qu'ils ne vous rendent
mauvais. Dans tous les cas, plaidez ma cause auprès d'eux avec
autant de zèle que vous avez plaidé la leur auprès de moi.
Vous les apaiserez autant que possible, et vous leur ferez comprendre que j'ai agi non pour humilier ceux qui ne connaissent
pas ces langues, mais en vue de l'intérêt public, que tout le
monde est libre de servir, comme chacun peut s'en dispenser ;
ajoutant que, s'il se présente quelqu'un qui puisse et qui veuille

enseigner mieux que je n'ai fait, je serai le premier à déchirer et à annuler mon travail pour adopter le sien.

Présentez mes salutations à Jean Paludanus[1], et faites-lui partager avec vous la défense de la *Folie*, en raison des commentaires que lui a dédiés mon ami Listre[2]. Recommandez-moi bien au très-savant Névius[3], et au très-aimable Nicolas de Beveris, curé de Saint-Pierre. L'abbé Ménard, que vous comblez d'éloges si pompeux et, à en juger par votre caractère, si vrais, m'inspire à cause de vous une respectueuse affection; je n'oublierai pas, à la première occasion, de parler de lui dans mes écrits d'une manière honorable. Portez-vous bien, mon cher Dorpius, vous que j'affectionne le plus au monde.

Anvers, 1515.

1. Professeur d'éloquence à l'académie de Louvain.
2. Littérateur et médecin hollandais, a annoté, sous les yeux d'Érasme, l'*Éloge de la Folie*.
3. Principal du collége du Lis à Louvain.

ÉLOGE

DE LA FOLIE

ÉRASME DE ROTTERDAM

A SON AMI THOMAS MORUS

SALUT

ERNIÈREMENT, *pendant mon voyage d'Italie en Angleterre, pour ne pas perdre en conversations banales et insipides tout le temps qu'il me fallait passer à cheval, je résolus ou de méditer de temps en temps quelque chose qui eût trait à nos études communes, ou de me reporter par la pensée vers les amis si doctes et si aimables que j'allais revoir. Dans le nombre, mon cher Morus, vous occupiez le premier rang. Malgré l'absence, votre souvenir avait pour moi autant de charme que si j'eusse été à vos côtés, et que je meure si j'ai goûté dans ma vie de plus douce jouissance que votre société ! Voulant donc absolument* faire quelque chose, et ne pouvant guère consacrer mon temps à un travail sérieux, j'imaginai de composer l'éloge de la Folie.

« Quelle Minerve vous a mis dans la tête cette idée-là ? » me direz-vous. D'abord, j'ai été frappé de votre nom de famille, Morus, qui se rapproche du mot Μωρία[1] autant que votre personne s'éloigne de la chose, car, de l'aveu de tous, vous êtes assurément l'homme qui en est le plus ennemi. Puis j'ai pensé que ce jeu de mon imagination vous sourirait plus qu'à tout autre, attendu que ce genre de badinage, qui, si je ne m'abuse, n'est point totalement dépourvu de savoir ni de goût, vous divertit fort, et que dans le train ordinaire de la vie vous imitez Démocrite. Quoique la haute portée de votre intelligence vous élève bien au-dessus du vulgaire, grâce à la douceur ineffable et à l'aménité de votre caractère, il vous est facile et agréable de vous montrer avec tous l'homme de toutes les heures.

Vous accepterez donc volontiers cette petite déclamation comme un souvenir de votre ami, et vous en prendrez aussi la défense, puisque, vous étant dédiée, elle n'est plus à moi, mais à vous. Il ne manquera peut-être pas de détracteurs qui trouveront à redire, les uns que ce sont des bagatelles indignes d'un théologien, les autres qu'elles

---

1. C'est le nom de la folie en grec.

sont trop mordantes pour ne pas blesser la modération chrétienne, et qui répéteront à grands cris que nous ressuscitons la comédie antique, que nous copions Lucien et que nous déchirons tout à belles dents.

Quant à ceux que scandalisent la légèreté et le plaisant du sujet, je les prie de remarquer que cet exemple ne vient pas de moi, mais que depuis longtemps il a été souvent mis en pratique par de grands écrivains. Il y a des siècles qu'Homère a chanté la Batrachomyomachie[1] ; Virgile, le moucheron et le moret[2]; Ovide, le noyer. Polycrate[3] a fait l'éloge de Busiris[4], et Isocrate l'a réfuté. Glaucon[5] a célébré l'injustice; Favorinus[6], Thersite et la fièvre quarte; Synésius[7], la calvitie; Lucien, la mouche et le métier de parasite. Sénèque a écrit l'Apothéose de Claude; Plutarque, le dialogue de Gryllus[8] avec Ulysse; Lucien et Apulée, l'âne; et je ne sais qui, le testament du cochon de lait Grunnius Corocotta[9], dont saint Jérôme fait mention[10]. Après

---

1. Le combat des rats et des grenouilles.
2. Mets rustique qui fait le sujet d'un petit poëme attribué à Virgile.
3. Rhéteur athénien qui se fit l'accusateur de Socrate.
4. Tyran d'Égypte tué par Hercule.
5. Un des interlocuteurs du dialogue *la République*, dans Platon.
6. Philosophe et rhéteur gaulois, né à Arles, dans le IIe siècle de l'ère chrétienne.
7. Évêque de Ptolémaïs dans la Cyrénaïque, 360-415.
8. Un des compagnons d'Ulysse, qui, changé en pourceau par la magicienne Circé, ne voulut jamais reprendre la forme humaine.
9. Onomatopée qui désigne le testateur en question.
10. Dans une préface de ses commentaires sur Isaïe.

tout, si cela leur plaît, qu'ils s'imaginent que j'ai joué
aux échecs pour me distraire, ou, s'ils aiment mieux, que
je suis allé à califourchon sur un bâton.

Quelle injustice, quand nous accordons à chaque condition de la vie ses délassements, d'interdire aux études
toute récréation, surtout si la plaisanterie repose sur un
fond sérieux, et si elle est maniée de telle sorte que le lecteur un peu fin en retire plus de fruit que des élucubra-
tions sévères et pompeuses de certains écrivains ! Témoin
ces discours cousus de pièces et de morceaux, où l'on vante
la rhétorique et la philosophie, où l'on fait le panégyrique d'un prince, où l'on prêche la guerre contre les
Turcs, où l'on prédit l'avenir, où l'on forge de nouvelles
questions sur le poil des chèvres. Autant rien n'est plus
sot que de traiter un sujet sérieux d'une manière frivole,
autant rien n'est plus ingénieux que de traiter un sujet
badin sans tomber dans l'enfantillage. C'est aux autres
qu'il appartient de me juger ; cependant, si l'amour de
soi ne m'aveugle pas trop, l'éloge que j'ai fait de la Folie
n'est point tout à fait déraisonnable.

Quant au reproche de causticité, je répondrai que l'é-
crivain a toujours été libre d'exercer sa raillerie sur toutes
les conditions de la vie humaine, pourvu que la licence
ne dégénérât point en frénésie. J'admire combien les oreilles sont délicates de nos jours ; elles ne peuvent presque
plus admettre que les qualifications honorifiques. On voit

même des gens qui entendent tellement à rebours la religion qu'ils seraient moins choqués des plus horribles blasphèmes contre le Christ que de la plus légère plaisanterie sur un pape ou sur un prince, surtout s'il y va de leur subsistance.

Faire la critique de l'espèce humaine, sans fronder personne individuellement, je le demande, est-ce mordre ? N'est-ce pas plutôt instruire et conseiller ? D'ailleurs, ne me critiqué-je pas moi-même sous bien des rapports ? Au surplus, qui n'excepte aucune condition sociale ne s'attaque à aucun homme, mais à tous les vices. Si donc quelqu'un se lève et s'écrie qu'il est blessé, celui-là décèlera sa culpabilité, ou du moins sa crainte.

Saint Jérôme a écrit dans ce genre avec bien plus de liberté et de mordant, souvent même sans épargner les noms. Pour nous, outre que nous nous sommes abstenu formellement de nommer qui que ce fût, nous avons ménagé nos expressions, et tout lecteur sensé comprendra que nous avons cherché plutôt à plaire qu'à mordre. Nous n'avons pas remué sans cesse, à l'exemple de Juvénal, la sentine cachée du vice ; nous nous sommes attaché à passer en revue les ridicules plutôt que les turpitudes. S'il en est que ces raisons ne parviennent pas à calmer, qu'ils songent du moins qu'il est beau d'être censuré par la Folie, et qu'en la faisant parler nous avons dû garder le caractère du personnage.

Mais n'est-ce pas trop insister auprès d'un avocat dont le talent unique sait faire triompher les causes, ne fussent-elles pas des meilleures? Adieu, très-éloquent Morus, prenez chaudement la défense de votre Μωρία.

De la campagne, le 9 juin 1508.

ÉLOGE

DE LA FOLIE

LA FOLIE PARLE.

QUELS que soient les propos que le monde tienne sur mon compte (car je n'ignore pas combien la Folie est mal famée, même auprès des plus fous), il n'est pas moins vrai que c'est moi, oui, moi seule, qui ai le secret d'égayer les dieux et les hommes. Ce qui le prouve hautement, c'est qu'à peine ai-je paru au milieu de cette nombreuse assemblée pour prendre la parole, une gaieté vive et extraordinaire a brillé sur toutes les figures. Soudain vos fronts se sont déridés ; vous avez applaudi par des rires si aimables et si joyeux qu'assurément, tous tant que vous êtes, vous me paraissez ivres du nectar des dieux d'Homère, mélangé de népenthès, tandis que tout à l'heure, sombres et soucieux sur vos bancs, on vous eût pris pour des échappés de l'antre de Trophonius[1]. De même que, quand le soleil montre à la terre sa face éclatante et radieuse, ou qu'après un rude hiver, le printemps reparaît, ramené par les zéphyrs, tout change aussitôt d'aspect, la nature rajeunie se pare de riantes couleurs : de même, à mon apparition, vos visages se sont transformés. Ainsi, ce que des rhéteurs, d'ailleurs habiles, à l'aide d'un long discours longuement préparé, parviennent difficilement à effectuer, j'entends dissiper l'ennui, moi je n'ai eu qu'à me montrer pour en venir à bout.

Quant au sujet qui m'amène aujourd'hui devant vous dans ce bizarre accoutrement, vous allez le savoir, si vous daignez m'écouter non pas avec l'attention que

---

1. Ceux qui pénétraient dans l'antre de Trophonius, pour y consulter l'oracle, en rapportaient une impression de tristesse qu'ils gardaient pendant toute leur vie.

vous prêtez aux sermons des prédicateurs, mais avec les
oreilles que vous avez coutume de dresser sur la foire
devant les charlatans, les baladins et les bouffons, ou
bien celles que notre cher Midas fit voir jadis à Pan[1].
Il m'a pris fantaisie de faire un peu la sophiste devant
vous, non certes comme ces pédants qui, de nos jours,
bourrent la tête des enfants de bagatelles assommantes,
et leur enseignent à disputer avec plus d'entêtement que
des femmes, mais à l'exemple de ces anciens qui, pour

éviter le nom déshonorant de sages, prirent celui de
sophistes. Ils s'appliquaient à célébrer par des élo-

---

1. Pan, fier de son talent sur la flûte, osa défier Apollon. Midas, choisi
pour juge, se prononça en faveur de Pan, et, pour le punir de son mauvais
goût, Apollon le gratifia d'oreilles d'âne.

ges la gloire des dieux et des héros. Vous allez donc entendre un éloge, non d'Hercule ni de Solon, mais le mien propre, celui de la Folie.

Je me moque de ces sages qui prétendent que se louer soi-même est le comble de la folie et de l'impertinence. Folie tant qu'ils voudront, pourvu qu'ils reconnaissent qu'elle n'est point déplacée. Quoi de plus naturel, en effet, que la Folie entonne ses louanges et *se fasse elle-même sa trompette?* Qui pourrait mieux me dépeindre que moi? A moins qu'il n'y ait par hasard quelqu'un qui me connaisse mieux que moi.

Il me semble d'ailleurs qu'en cela je fais preuve de plus de modestie que le commun des grands et des sa-ges, qui, par une pudeur mal entendue, subornent un rhéteur courtisan ou un poëte hableur, et le soudoient pour l'entendre réciter leurs louanges, c'est-à-dire un tissu de faussetés. Néanmoins l'humble sire, à la façon du paon, fait la roue et se rengorge pendant qu'un flat-teur impudent compare aux dieux cet homme de rien ; qu'il le donne comme un parfait modèle de toutes les vertus, sachant fort bien qu'il en est l'*antipode;* qu'il pare une corneille de plumes étrangères; qu'*il blanchit un Éthiopien,* et que *d'une mouche il fait un éléphant.* Enfin je suis ce vieux proverbe où il est dit qu'*on a rai-son de se louer soi-même quand on ne trouve pas d'autre apologiste.*

Et, à ce propos, je m'étonne dois-je dire de l'ingratitude ou de la paresse des humains, qui tous me font une cour assidue, qui sentent avec plaisir mes bienfaits, et dont pas un, depuis tant de siècles, ne s'est levé pour célébrer d'une voix reconnaissante les louanges de la Folie, quand on en voit qui ont vanté, aux dépens de leur huile et de leur sommeil, dans des éloges composés avec art, les Busiris[1], les Phalaris[2], la fièvre quarte, les mouches, la calvitie et autres pestes de ce genre.

Le discours que vous allez entendre, pour être improvisé et sans préparation, n'en sera que plus vrai. Je ne dis pas cela, croyez-le bien, pour faire parade d'esprit, à l'exemple du commun des orateurs. Ceux-ci, vous le savez, quand ils débitent un discours qui leur a coûté trente années entières de travail, qui quelquefois n'est pas d'eux, jurent qu'ils n'ont mis que trois jours à l'écrire, ou même à le dicter en se jouant. Pour moi, j'ai toujours eu grand plaisir à dire *à tort et à travers tout ce qui me vient à la bouche.*

N'attendez pas de moi que, selon la coutume de ces rhéteurs vulgaires, je procède par une définition de ma personne, et encore moins par une division. Il serait doublement malséant de circonscrire dans des

---

1. Voir la note 4 au bas de la page 43.
2. Tyran d'Agrigente, en Sicile, qui inventa le supplice du taureau d'airain.

limites une divinité dont l'empire s'étend partout, et
de morceler celle à qui toute la terre rend un hommage
unanime. A quoi bon d'ailleurs tracer dans une définition mon esquisse ou mon portrait, quand vous
tous ici présents vous me contemplez de vos yeux en
personne ?

Je suis, comme vous voyez, cette véritable dispen-
satrice des *biens*, que les Latins nomment *Stultitia* et
les Grecs Μωρία. Mais qu'ai-je besoin de le dire ? Ne
porté-je pas mon nom écrit sur mon front et dans
toute ma personne ? et si quelqu'un s'avisait de me
prendre pour Minerve ou pour la Sagesse, ne suffirait-
il pas, pour le détromper, d'un seul regard, sans recourir à la parole, ce miroir infaillible de l'âme ? Chez
moi, point de fard ; je ne feins pas sur mon visage un
sentiment que mon cœur ne partage point. Je suis
partout semblable à moi-même, si bien que ceux qui
s'affublent le plus du masque et du nom de la Sagesse
ne parviennent pas à me déguiser ; ils marchent *comme
des singes sous la pourpre et des ânes sous la peau du
lion.* Ils ont beau se contrefaire, le bout de l'oreille
qui perce trahit Midas.

Quelle ingratitude de voir des hommes, qui sont
mes plus fidèles partisans, rougir de mon nom devant
le monde au point de le jeter communément à la face
d'autrui comme une grosse injure ! Ces êtres, en

réalité *archifous,* qui veulent passer pour des philosophes, pour des Thalès[1], ne mériteraient-ils pas bien
d'être appelés *sages fous?* Je veux imiter par là les
rhéteurs de notre temps, qui se croient tout à fait des
dieux si, comme la sangsue, ils sont bilingues, et qui
s'imaginent faire merveilles en enchâssant de temps à
autre dans un discours latin quelques mots grecs, en
forme de mosaïque, quand même ils ne sont pas à leur
place. A défaut de termes exotiques, ils déterrent dans
de vieux parchemins quatre ou cinq expressions suran-
nées pour jeter de la poudre aux yeux du lecteur, afin
que ceux qui les comprennent en soient tout fiers, et
que ceux qui ne les comprennent pas les admirent
d'autant plus qu'ils les comprennent moins. Car un
plaisir délicat des nôtres, c'est de s'extasier devant tout
ce qui leur est le plus étranger. Veulent-ils faire les

---

1. Philosophe grec, fondateur de l'école ionienne, né dans le VIIe
siècle avant J.-C.

connaisseurs, ils sourient, applaudissent, et, comme l'âne, *remuent les oreilles* pour montrer aux autres qu'ils ont bien compris : *C'est cela, c'est cela même !* Je reviens à mon sujet.

Vous savez donc mon nom, hommes..... quelle épithète ajouterai-je ?... archifous. N'est-ce pas le plus honorable titre que la déesse Folie puisse donner à ses adeptes ? Mais comme mon origine est assez peu connue, je vais, les Muses aidant, essayer de vous la dire.

[Je n'ai eu pour père ni le Chaos, ni Pluton, ni Saturne, ni Japet, ni aucun de ces [dieux usés et décrépits. Je suis fille de *Plutus,* qui seul, en dépit d'Hésiode, d'Homère et même de Jupiter, est *le père des dieux et des hommes.* Aujourd'hui comme autrefois, sa volonté suffit pour remuer ciel et terre. Guerres, paix, commandements, conseils, tribunaux, comices, mariages, traités, alliances, lois, arts, divertissements, travaux... je perds haleine ; bref, il administre à sa guise toutes les affaires publiques et privées des humains. Sans son assistance, tout ce peuple de divinités poétiques, je dis plus, les dieux supérieurs eux-mêmes, n'existeraient pas, ou du moins, *vivant au logis,* ils feraient maigre chère. Celui à qui il en veut, le bras même de Pallas ne le sauverait pas. En revanche, celui qu'il protége peut envoyer paître le grand Jupiter avec sa foudre. *Je me glorifie d'avoir un tel père.*

Je ne suis point issue de son cerveau, comme la farouche et sauvage Pallas de celui de Jupiter ; il m'a fait naître de la nymphe la plus jolie et la plus charmante de toutes, la *Jeunesse*. Il ne lui était point attaché par les tristes nœuds du mariage, qui ont produit ce forgeron boiteux, mais, ce qui a bien plus de charme, *il lui était uni par l'amour,* suivant l'expression de notre Homère. Mon père, ne vous y trompez pas, n'est point le Plutus d'Aristophane, qui a un pied dans la tombe et qui ne voit goutte ; c'est Plutus encore plein de vigueur, tout bouillant de jeunesse, et pas seulement de jeunesse, mais bien plus du nectar qu'il venait de sabler à la table des dieux.

Si vous désirez connaître le lieu de ma naissance, puisqu'aujourd'hui la noblesse dépend surtout de l'endroit où l'on a poussé ses premiers vagissements, je ne suis venue au monde ni dans la flottante Délos, ni dans la mer orageuse, ni *dans le fond d'une grotte,* mais au sein des îles Fortunées, où l'on récolte tout *sans semailles ni labour.* Le travail, la vieillesse, les maladies, y sont inconnus. On ne voit dans les champs ni asphodèle, ni mauve, ni scille, ni lupin, ni fève, ni autres plantes vulgaires. De tous côtés, le moly, le panais, le népenthès, la marjolaine, l'armoise, le lotus,

la rose, la violette, l'hyacinthe, ornements du parterre
d'Adonis, caressent la vue et l'odorat. Née au milieu
de ces délices, je n'ai point inauguré mon entrée dans
la vie par des pleurs, mais j'ai tout de suite souri
agréablement à ma mère.

Je n'envie point *au puissant fils de Saturne* la chèvre

qui l'allaita, puisque deux nymphes fort jolies, l'*Ivresse*,
fille de Bacchus, et l'*Ignorance,* fille de Pan, m'ont
nourrie de leurs mamelles. Vous les voyez ici même
dans le groupe de mes compagnes et de mes suivantes.
Quant à celles-ci, si vous voulez savoir leurs noms,
ma foi, je ne vous les dirai qu'en grec.

Celle que vous apercevez le sourcil rehaussé est
Philautie[1]. Celle qui a le regard souriant et qui bat des

---

1. L'amour de soi-même.

mains se nomme la *Flatterie*. Celle qui est assoupie et qui semble dormir s'appelle l'*Oubli*. Celle qui s'appuie sur ses deux coudes et qui a les bras croisés est la *Paresse*. Celle qui est couronnée de roses et tout imprégnée de parfums est la *Volupté*. Celle dont les yeux égarés errent de tous côtés est l'*Étourderie*. Celle qui a le teint fleuri et qui jouit d'un bel embonpoint est la *Mollesse*. Vous voyez encore parmi ces jeunes filles deux dieux, dont l'un se nomme *Comus* et l'autre le *Sommeil léthargique*. Tels sont les serviteurs dévoués à l'aide desquels je tiens tout l'univers sous ma domination, et je commande même aux rois.

Vous connaissez ma naissance, mon éducation, ma suite. Maintenant, pour que l'on ne m'accuse pas d'usurper sans motif le titre de déesse, je vais énumérer tous les avantages que je procure aux dieux et aux hommes, et montrer combien est vaste l'étendue de mon empire : écoutez-moi de toutes vos oreilles.

Si un écrivain n'a pas eu tort de dire que le propre de la divinité est de soulager les mortels ; si l'on a eu raison d'admettre dans l'assemblée des dieux ceux qui ont découvert le vin, le blé et autres éléments de bien-être, pourquoi ne serais-je pas nommée à juste titre l'*Alpha* de tous les dieux, moi qui seule prodigue à tous toutes sortes de bienfaits ? Premièrement, qu'y a-t-il de plus doux et de plus précieux que la vie ? Et à

qui, en définitive, en est-on redevable, sinon à moi ?
Ce n'est ni la lance de Pallas *née d'un père tout-puissant,* ni l'égide de Jupiter *rassemblant les nuées,* qui
engendre ou qui propage l'espèce humaine. Le père
des dieux et le roi des hommes lui-même, qui d'un
signe de sa tête fait trembler tout l'Olympe, est forcé
de mettre bas sa foudre à triple dard et ce visage de
Titan qui, quand il lui plaît, glace d'épouvante tous
les dieux, pour jouer comme un misérable histrion un
personnage d'emprunt chaque fois qu'il veut faire ce
qu'il fait assez souvent, c'est-à-dire *procréer.*

Les stoïciens se croient presque des dieux. Eh bien,
qu'on me donne un stoïcien qui le soit trois et quatre
fois, ou, si l'on veut, mille fois ; s'il ne coupe pas sa
barbe, cet emblème de la sagesse qu'il a de commun
avec les boucs, il baissera du moins le sourcil, déridera
le front, abdiquera ses principes de bronze, fera des
extravagances et s'oubliera quelque peu. Bref, il fau-
dra que ce sage me mande auprès de lui, moi, oui,
moi, s'il veut être père.

Mais pourquoi ne pas vous parler crûment, selon
mon habitude ? Dites-moi, est-ce la tête, est-ce le
visage, est-ce la poitrine, est-ce la main, est-ce l'oreille,
sont-ce toutes ces parties, dites honnêtes, qui engendrent les dieux et les hommes ? Non, assurément :
ce qui perpétue l'espèce humaine, c'est cette partie si

folle et si comique qu'on ne peut la nommer sans rire. C'est dans cette source sacrée que tous les êtres puisent la vie bien plus que dans le quaternaire de Pythagore[1]. Eh bien, je le demande, quel homme consentirait à subir le joug du mariage si, comme font ces sages, il examinait auparavant les désagréments de cet état ? Quelle femme voudrait s'unir à un homme si elle connaissait ou si elle se rappelait le dangereux travail de l'enfantement et tous les ennuis de la maternité ? Or, si vous devez la vie au mariage, vous devez le mariage à ma suivante l'*Étourderie* ; ne

1. Allusion à deux vers de Pythagore dont voici la traduction : *J'en jure par celui qui a transmis dans notre âme le sacré quaternaire, source de la nature dont le cours est éternel.*

voyez-vous donc pas combien vous me devez ? Quelle
est la femme qui, après avoir subi une seule fois de
pareilles épreuves, voudrait encore recommencer, si
l'*Oubli* que voilà ne lui était favorable ? Vénus elle-
même, quoi qu'en dise Lucrèce, ne saurait nier que,
sans mon intervention, toute sa force serait impuis-
sante et vaine. C'est de ce jeu extravagant et risible
que proviennent les philosophes renfrognés, remplacés
aujourd'hui par ceux que l'on nomme vulgairement
moines, les rois vêtus de pourpre, les prêtres pieux, les
pontifes trois fois saints. Ajoutez encore toute cette
assemblée des dieux poétiques, dont la foule est si
nombreuse que l'Olympe, tout vaste qu'il est, a peine
à les contenir.

Mais j'avoue que ce serait peu de chose de me
devoir la source et le principe de la vie, si je ne vous
faisais voir encore que tout le bonheur qu'on y trouve
est un don de ma libéralité.

Que serait la vie, mériterait-elle le nom de vie si
l'on en ôtait le plaisir ? Vous applaudissez. Je savais
bien que pas un de vous n'était assez sage, ou plutôt
assez fou, je me trompe, assez sage pour ne pas être
de mon avis. Les stoïciens eux-mêmes ne sont point
ennemis du plaisir ; ils ont beau dissimuler et l'acca-
bler de mille injures devant le monde, c'est pour en-
dégoûter les autres afin de s'en donner eux-mêmes à

cœur joie. Par Jupiter ! qu'ils me disent quel instant
de la vie n'est point triste, maussade, ennuyeux, insipide, assommant, si l'on n'y joint le plaisir, c'est-à-
dire l'assaisonnement de la folie ? Je pourrais invoquer
à ce sujet le témoignage imposant d'un homme qu'on
ne saurait trop louer, de Sophocle, qui a laissé ce
magnifique éloge de moi : *C'est l'absence de toute sagesse qui fait le charme de la vie ;* mais je préfère établir mes preuves en détail.

D'abord, tout le monde sait que le premier âge de
l'homme est sans contredit le plus heureux et le plus
choyé. Qu'ont de particulier les enfants pour que nous
les couvrions ainsi de nos baisers, de nos caresses,
pour que l'ennemi même s'attendrisse en leur faveur,
sinon l'attrait de la Folie ? C'est un présent que la

nature prévoyante a fait à dessein aux nouveau-nés,
afin qu'ils pussent payer en plaisir les fatigues de ceux

qui les élèvent et s'attirer leurs soins protecteurs. A l'enfance succède la jeunesse. Comme elle est bien vue de tout le monde ! Comme chacun la fête ! Comme on se plaît à l'encourager ! Avec quel empressement on lui tend une main secourable ! Or, je le demande, d'où vient ce charme de la jeunesse ? D'où, sinon de moi qui, en lui ôtant la raison, l'exempte en même temps de tout souci ? Qu'on me taxe de mensonge s'il n'est pas vrai qu'à mesure que les jeunes gens grandissent et que l'expérience et l'étude les rapprochent de l'âge mûr, leur teint se fane, leur vivacité s'émousse, leur gaieté se refroidit, leur vigueur s'altère. Plus l'on s'éloigne de moi, moins on vit, jusqu'à ce que vienne *la vieillesse chagrine*, aussi à charge aux autres qu'à elle-même. Assurément nul ne pourrait la supporter si je n'avais encore pitié de tant de maux, et si, à l'exemple des dieux des poëtes, qui sauvent par une métamorphose ceux qui vont périr, je ne ramenais à l'enfance, autant que possible, ceux qui sont sur le bord du tombeau. Aussi est-ce avec raison que l'on a surnommé la vieillesse *une seconde enfance*.

Si l'on veut savoir comment j'opère ce rajeunissement, je n'en ferai pas mystère. Je conduis les vieillards sur le bord de mon Léthé, qui prend sa source dans les îles Fortunées (celui qui coule dans les Enfers n'est qu'un tout petit ruisseau), afin qu'en y buvant l'oubli à longs

6.

traits, ils noient peu à peu tous leurs soucis et rajeu-
nissent. Mais, dira-t-on, ils radotent, ils déraisonnent.
D'accord. C'est précisément ce que j'appelle retomber
dans l'enfance. Radoter, déraisonner, n'est-ce pas être
enfant ? Ce qui plaît le plus dans cet âge, n'est-ce pas
l'absence de la raison ? Qui ne hait comme un monstre, qui n'abhorre l'enfant d'une sagesse virile ? Témoin
ce proverbe populaire : *Je n'aime pas l'enfant d'une
raison précoce* [1].

Qui voudrait fréquenter un vieillard qui, à son expérience consommée de la vie, joindrait autant de fermeté
de caractère et autant de pénétration de jugement ?
Aussi, grâce à moi, le vieillard radote. Mais ce rado-
teur, mon protégé, échappe à tous les maux qui tour-
mentent le sage. Il est gai partisan de la bouteille. Il
ne sent pas l'ennui de la vie qu'un âge plus robuste
supporte difficilement. Parfois, comme le vieillard de
Plaute, il revient aux trois lettres [2], et serait bien à plaindre s'il jouissait de toute sa raison. Heureux donc par
mes bienfaits, il est agréable à ses amis et bon compagnon. Ainsi dans Homère les paroles qui s'échappent
de la bouche de Nestor sont plus douces que le miel,
tandis que celles d'Achille sont pleines d'amertume, et,

---

1. Sentence de Publius Syrus.
2. Ces trois lettres, que le vieillard libertin Démiphon confesse avoir
apprises en retournant à l'école, sont : *amo*, j'aime. (PLAUTE, *Le Marchand*.)

suivant le même poëte, les vieillards assis sur les remparts font entendre une voix *pleine de douceur* [1]. C'est là le grand avantage qu'ils ont sur l'enfance, charmante à la vérité, mais muette et privée du principal agrément de la vie, qui est de babiller. Ajoutez que de son côté le vieillard raffole de l'enfant, et que l'enfant à son tour est épris du vieillard : *car Dieu conduit ordinairement un semblable vers son semblable* [2]. Quelle différence y a-t-il entre eux, sinon que l'un a des rides et compte plus d'années ? A cela près, cheveux blancs, bouche édentée, taille raccourcie, appétence du lait, balbutiement, bavardage, niaiserie, oubli, étourderie, en un mot tout se ressemble. Plus on vieillit, plus on se rapproche de l'enfance, jusqu'à ce que l'on s'éteigne, comme l'enfant, sans regretter la vie, sans redouter la mort.

Essayez maintenant, si vous le voulez, de comparer mes bienfaits aux métamorphoses des autres dieux. Je laisse de côté leurs traits de vengeance. Ceux qu'ils aiment le plus, ils les transforment d'ordinaire en arbre, en oiseau, en cigale, voire même en serpent, comme si ce n'était pas mourir que de changer de forme. Moi, je replace l'homme dans la période la meilleure et la plus heureuse de sa vie. Ah ! si les mortels rompaient tout commerce avec la Sagesse et vivaient perpétuelle-

1. HOMÈRE, *Iliade*, III, 152.
2. Id., *Odyssée*, XVII, 218.

ment avec moi, ils ne vieilliraient jamais et jouiraient
avec bonheur d'une jeunesse éternelle. Ne voyez-vous
pas ces visages sombres, plongés dans l'étude de la philosophie ou dans des affaires sérieuses et ardues, vieillis
pour la plupart avant d'avoir été jeunes, parce que les
soucis et une tension d'esprit continuelle ont tari peu
à peu en eux le souffle et la séve de la vie? Mes fous,

au contraire, gros et gras, brillants de santé, sont de
vrais *pourceaux d'Acarnanie*[1], et assurément ils ne res-
sentiraient jamais les inconvénients de la vieillesse si,
comme il arrive, la contagion des sages ne les gâtait
quelque peu. Tant il est vrai qu'il ne peut pas exister
sur la terre de bonheur parfait. Ajoutons à cela le puissant témoignage du dicton populaire où il est dit que
la Folie est la seule chose qui arrête la jeunesse dans son
vol et qui chasse au loin la vieillesse chagrine. Aussi

---

1. L'Acarnanie, province de la Grèce, nourrissait les pourceaux les
plus gras.

est-ce avec raison que l'on dit des Brabançons que, tandis que les autres hommes gagnent en sagesse avec l'âge, eux, à mesure qu'ils approchent de la vieillesse, deviennent de plus en plus fous. Assurément, il n'y a pas de peuple aussi aimable dans le commerce de la vie et qui ressente moins les ennuis de la vieillesse. Mes Hollandais, leurs voisins, imitent leur manière de vivre. Je puis bien dire mes Hollandais, car le culte qu'ils ont pour moi est si fervent qu'il leur a valu un sobriquet dont ils rougissent si peu qu'ils s'en font un titre de gloire.

Allez maintenant, mortels stupides, demander aux Médée, aux Circé, aux Vénus, aux Aurore, à je ne sais quelle fontaine, de vous rendre la jeunesse : seule j'ai ce pouvoir, seule je l'exerce. Je possède ce philtre merveilleux à l'aide duquel la fille de Memnon prolongea la jeunesse de Tithon, son aïeul. Je suis la Vénus qui sut rajeunir Phaon, au point que Sapho en devint éperdument amoureuse. Ce sont mes herbes, si herbes il y a, ce sont mes prières, c'est ma fontaine, qui non-seulement font revenir la jeunesse envolée, mais, ce qui est plus désirable, qui la conservent éternellement. Si vous êtes tous d'avis qu'il n'y a rien de plus beau que la jeunesse, rien de plus détestable que la vieillesse, ne voyez-vous pas combien vous me devez, puisque je garde un bien si précieux en éloignant un si grand fléau ?

Mais c'est assez parlé des mortels. Parcourez le ciel
entier ; je permets à qui voudra de me faire une injure
de mon nom, si l'on rencontre un seul dieu, aimable
et attrayant, qui ne se recommande par mon pouvoir.
Pourquoi Bacchus est-il toujours jeune et chevelu ?

C'est que, plein de démence et d'ivresse, passant toute
sa vie au milieu des festins, des danses, des chœurs,
des divertissements, il n'a pas le moindre rapport avec
Pallas. Il est si loin de prétendre passer pour sage qu'il
se plaît à être honoré par des farces et des plaisanteries.
Il ne s'offense pas du proverbe qui lui applique le surnom de Fou, en disant : *Plus fou que Morychus*. Ce
nom de Morychus lui est venu de l'usage où sont les
cultivateurs en liesse de barbouiller de moût de vin et

de figues fraîches sa statue à la porte des temples. Que
de sarcasmes l'ancienne comédie n'a-t-elle pas lancés
contre lui ! « O le sot dieu ! disait-on, le digne avorton
de la cuisse de Jupiter ! » Mais qui n'aimerait mieux
être ce fou, ce sot, toujours gai, toujours jeune, respi-
rant toujours le plaisir et la joie, que ce *sournois* de Jupiter, qui fait tout trembler ; que le vieux Pan, qui
empoisonne tout par ses terreurs soudaines[1] ; que Vulcain, tout couvert de cendre et noir de la fumée de sa
forge ; et que Pallas elle-même à la Gorgone et à la
lance terribles, *au regard toujours menaçant ?* Pourquoi
Cupidon est-il toujours enfant, sinon parce que, d'une
humeur folâtre, il ne fait et ne conçoit *rien de sensé ?*
Pourquoi la belle Vénus jouit-elle d'un éternel printemps ? Parce qu'elle est ma parente ; elle rappelle par
son visage la couleur de mon père, et c'est pour cela
qu'Homère la nomme *Vénus belle comme l'or.* Puis
elle sourit toujours, si l'on en croit les poëtes et leurs
émules les statuaires. Quelle divinité fut plus entourée
d'hommages par les Romains que Flore, la mère de
tous les plaisirs ?

Du reste, lisez avec attention dans Homère et dans
les autres poëtes la vie des dieux les plus rigides, vous
ne verrez partout que des traits de folie. Sans citer d'au-

---

1. C'est de là que vient le mot panique.

tres exemples, ne connaissez-vous pas tous les amours
et les ébats de ce Jupiter qui lance la foudre ? Cette
sévère Diane qui, au mépris de son sexe, ne fait que
chasser, ne meurt-elle pas d'amour pour Endymion ? Il
serait à souhaiter que Momus leur dît leurs vérités,
comme il le faisait si souvent autrefois. Mais dernièrement les dieux irrités l'ont précipité sur la terre avec
Até, parce que sa sagesse importune troublait leur félicité. Dans son exil, pas un mortel ne daigne l'accueillir,
tant s'en faut qu'il trouve un asile à la cour des princes,
où trône pourtant ma suivante la *Flatterie*, qui s'accorde avec Momus comme le loup avec l'agneau.
Aussi, depuis sa disparition, les dieux s'amusent cent
fois plus et en pleine liberté; *ils vivent parfaitement
à leur aise*, comme dit Homère, à l'abri de tout cen-
seur. Que de plaisanteries ce Priape en bois de figuier
ne leur fournit-il pas ! Comme Mercure les divertit
par ses larcins et ses escamotages ! Vulcain lui-même
est le *bouffon* ordinaire de la table des dieux : sa
démarche inégale, ses pointes, ses propos risibles,
égayent les convives. Silène, ce barbon amoureux,
danse la *cordace* [1] avec Polyphème qui *bat la terre lour-
dement* et les nymphes qui dansent la *gymnopédie* [2]. Les

---

1. Danse lascive à laquelle se livraient les gens ivres et grossiers.
2. Danse usitée à Lacédémone, où figuraient des hommes et des enfants nus.

Satyres à moitié boucs jouent des atellanes [1]. Pan, avec une chanson bête, les fait tous pouffer de rire, et ils aiment mieux l'entendre que les Muses elles-mêmes, surtout quand le nectar leur monte à la tête. Vous dirai-je tout ce que font les dieux à la fin du repas, lorsqu'ils ont bien bu ? En vérité, ils commettent tant de folies que je ne puis moi-même m'empêcher d'en rire. Mais il vaut mieux sur cet article songer à Harpocrate [2], de peur que quelque dieu corycéen [3] ne nous écoute raconter des choses que Momus même n'a pas révélées impunément.

Maintenant, à l'exemple d'Homère, quittons les habitants des cieux pour redescendre sur la terre, où nous allons voir qu'il n'y a ni joie ni bonheur sans moi. Remarquez d'abord avec quelle prévoyance la nature, mère et nourricière du genre humain, a pris soin de répandre partout l'assaisonnement de la folie. Suivant la définition des stoïciens, la sagesse consiste à prendre la raison pour guide ; la folie, au contraire, à obéir à ses passions ; mais pour que la vie des hommes ne fût pas tout à fait triste et maussade, Jupiter leur a donné bien plus de passions que de raison : dans la proportion d'une demi-once à une livre. En outre, il a relégué la raison

---

1. Voir la note au bas de la page 8.
2. Dieu du silence.
3. Ce mot, chez les anciens, est synonyme de mouchard.

dans un petit coin de la tête, en laissant tout le reste du corps à la merci des passions. Puis il a opposé à la raison seule deux espèces de tyrans furieux : la colère, qui a son siége au centre de la poitrine, à la source même de la vie, au cœur, et la concupiscence, dont l'empire s'étend jusqu'au bas de la région abdominale. Que peut la raison contre ces deux forces réunies ? La conduite des hommes en général le montre assez : tout ce qu'elle peut faire, c'est de se récrier à en perdre la voix et de répéter les préceptes du juste; mais ils envoient paître leur roi et crient cent fois plus fort, jusqu'à ce que, de guerre lasse, il cède et s'avoue vaincu.

Mais comme l'homme, appelé à diriger les affaires, devait être gratifié d'un peu plus d'une once de raison, Jupiter, voulant remédier à cet inconvénient, me consulta selon son habitude. Je lui donnai aussitôt un conseil digne de moi, celui d'adjoindre à l'homme la femme, animal, j'en conviens, sot et déraisonnable, mais plaisant et gracieux, qui dans le commerce de la vie tempérerait et adoucirait par sa folie l'austérité du caractère de l'homme. Platon, en se demandant s'il devait placer la femme au rang des animaux raisonnables ou parmi les brutes, n'a eu d'autre intention que de montrer l'insigne folie de ce sexe.

Si par hasard une femme vise à passer pour sage, elle ne fait que se rendre doublement folle; c'est comme

si, en dépit de Minerve, on envoyait un bœuf au
gymnase. Quiconque, malgré la nature, emprunte les
dehors de la vertu et force son talent, fait mieux res-
sortir ses imperfections. *Le singe est toujours singe,
fût-il vêtu de pourpre,* dit un proverbe grec : de même
la femme est toujours femme, c'est-à-dire folle, quelque masque qu'elle prenne.

Je ne pense pas pourtant que les femmes soient assez
folles pour m'en vouloir de les taxer de folie, moi qui
comme elles suis femme, et de plus la Folie. Car, à
bien examiner la chose, n'est-ce pas à la Folie qu'elles
doivent d'être, à beaucoup d'égards, plus heureuses que
les hommes ? D'abord elles ont le privilége de la beauté,
qu'elles mettent avec raison au-dessus de tout, et qui
leur sert à exercer la tyrannie sur les tyrans eux-mêmes.
D'où vient dans l'homme cette rudesse des traits, cette
peau dure, cette forêt de barbe, qui sont les attributs
de la vieillesse, sinon du vice de la raison ? Tandis que
les femmes, les joues toujours lisses, la voix toujours
flûtée, la peau délicate, semblent douées d'une jeunesse
éternelle. D'ailleurs toute leur ambition dans cette vie
n'est-elle pas de plaire le plus possible aux hommes ?
N'est-ce pas à cela que visent tant de toilettes, tant de
fards, tant de bains, tant de coiffures, tant de parfums,
tant d'odeurs, tant d'artifices pour s'orner, se peindre,
se déguiser le visage, les yeux et la peau ? Leur plus

grand mérite auprès des hommes, c'est la folie. Ceux-ci
ne permettent-ils pas tout aux femmes? En échange de
quoi, sinon de la volupté? Or les femmes n'ont pas
d'autre attrait que la folie. On ne le niera point si l'on

songe à toutes les balivernes que l'homme débite à la
femme, à toutes les extravagances qu'il commet chaque
fois qu'il veut goûter les plaisirs de l'amour.

Vous savez maintenant quelle est la source du premier, du plus grand agrément de la vie. Mais il y a des
gens, surtout parmi les vieillards, plus passionnés pour
le vin que pour les femmes et qui mettent le bonheur
suprême dans la table. Je laisse à d'autres à décider s'il
peut y avoir un bon repas sans femmes. Ce qu'il y a de
certain, c'est qu'il n'y en a point d'agréable sans l'assaisonnement de la folie. Si bien qu'à défaut d'un convive
qui, par une folie vraie ou feinte, excite la gaieté, on
fait venir un *bouffon* à gages, ou l'on invite un parasite

7.

plaisant, dont les saillies risibles, c'est-à-dire folles, banniront de la table le silence et l'ennui. A quoi bon, en effet, se remplir le ventre de tant de confitures, de tant de friandises, de tant de pâtisseries, si les yeux, si les oreilles, si l'esprit tout entier ne se repaissaient également de rires, de plaisanteries et de badinages ? Or, c'est moi qui suis l'unique ordonnatrice de ce dessert-là. En outre, toutes ces cérémonies usitées dans les festins : le tirage au sort du roi, le jeu de dés, les toasts, les libations à la ronde, les chansons à tour de rôle, la danse, la pantomime, ce ne sont pas les sept sages de la Grèce, c'est moi qui les ai inventées pour le bonheur du genre humain. D'ailleurs toutes ces choses ont cela de particulier que plus elles sont marquées au coin de la folie, plus elles embellissent la vie des mortels, qui, si elle était triste, ne mériterait pas le nom de vie. Or la tristesse l'envahirait nécessairement si, par des divertissements de ce genre, vous ne faisiez disparaître son frère, l'ennui.

Mais il en est qui dédaignent ce genre de plaisir et dont le bonheur consiste dans le commerce et les douceurs de l'amitié. « L'amitié, disent-ils, doit être mise au-dessus de tout ; *elle est aussi indispensable que l'air, le feu et l'eau* [1] ; elle a tant de charmes, ajoutent-ils,

---

1. Cicéron, *De l'Amitié.*

que la retrancher de la vie, ce serait en retrancher le
soleil ; enfin elle est si honnête (est-ce là un mérite de
plus ?) que les philosophes mêmes n'hésitent point à
la compter parmi les plus grands biens. » Que direz-
vous, si je démontre que c'est encore moi qui suis *la
proue et la poupe* [1] d'un bien si précieux ? Je vous le
prouverai, non par crocodilites, par sorites cornus ou
autres arguties de la dialectique ; mais, avec ce qu'on
appelle le gros bon sens, je vais presque vous le montrer du doigt.

Dites-moi : fermer les yeux, se méprendre, s'aveu-
gler, s'illusionner sur les défauts de ses amis, aimer et
admirer leurs imperfections les plus saillantes comme
des qualités, cela ne tient-il pas de la folie ? Cet amant
qui baise tendrement la verrue de sa maîtresse ; cet
autre *que délecte le polype d'Agna ; ce père qui trouve
de la finesse dans le regard louche de son fils* [2], tout
cela, dis-je, n'est-ce pas de la vraie folie ? Oui, fai-
sons-le sonner bien haut, c'est de la folie. Or c'est
cette folie seule *qui forme et resserre les liens de l'amitié* [3]. Je parle des simples mortels dont *aucun ne naît
sans défauts, et dont le meilleur est celui qui en a le
moins* [4]. Quant à ces sages que l'on regarde comme
des dieux, ils ne connaissent pas les nœuds de l'ami-

---

1. Voir la note au bas de la page 18. — 2-3-4. Horace, *Satires*, I, ?

tié, ou ils ne forment que des liaisons tristes et désa-
gréables, et encore avec très-peu de gens, pour ne pas
dire personne, attendu que la grande majorité des
hommes déraisonnent, qu'il n'y en a pas un seul qui
n'extravague sous bien des rapports, et que l'amitié ne
peut exister qu'entre pareils. Si par hasard une sym-
pathie mutuelle rapproche ces gens austères, elle ne
saurait être stable ni de longue durée avec des esprits
moroses et beaucoup trop clairvoyants, qui, *pour dis-
cerner les défauts de leurs amis, ont la vue aussi perçante
que l'aigle ou le serpent d'Épidaure*[1]. Mais, pour leurs
propres défauts, qu'ils sont aveugles et qu'ils voient peu
la poche de la besace qui leur pend derrière le dos !
Or, puisque les hommes sont ainsi faits qu'il n'y en a
pas un qui ne soit sujet à de grands défauts ; puisque
les caractères et les goûts diffèrent si essentiellement ;
que la vie est semée de tant de méprises, de tant d'erreurs et de tant de chutes, comment ces Argus pour-
raient-ils jouir une heure de suite des douceurs de
l'amitié, sans une dose de ce que les Grecs expriment
très-bien par le mot de *naïveté ?* Traduisez-le par folie
ou par complaisance, comme vous voudrez. Mais quoi !
Cupidon, cette âme de toute liaison, n'est-il pas complétement aveugle ? Et de même que *ce qui n'est pas*

---

1. Horace, *Satires*, I, 3.

beau lui paraît beau, il opère parmi vous ce prodige que chacun trouve beau ce qui est à soi, et que le vieux raffole de sa vieille comme le jouvenceau de sa jouvencelle. Ces choses-là se voient partout et on en rit, mais ce sont pourtant ces ridicules qui constituent tout le charme du commerce de la vie.

Ce que je viens de dire de l'amitié s'applique à plus forte raison au mariage, qui n'est autre chose qu'une union indissoluble. Grand Dieu ! que de divorces, et que d'événements pires encore que le divorce, ne verrait-on pas de tout côté, si la vie domestique de l'homme et de la femme n'avait pour bases et pour soutiens la flatterie, le badinage, la complaisance, l'erreur, la dissimulation, qui sont mes fidèles satellites ? Ah ! qu'il se ferait peu de mariages, si le fiancé s'inquiétait sagement des jeux que la fillette à l'air candide et pudibond a joués bien avant les noces ! Une fois contractés, qu'il y en aurait peu d'unis si l'insouciance ou la bêtise des maris ne les aveuglait le plus souvent sur la conduite de leurs femmes ! On traite tout cela de folie, et avec raison, mais c'est cette folie qui fait que la femme plaît à son mari, que le mari plaît à sa femme, que la maison est tranquille et que la bonne harmonie subsiste. On se moque du mari ; on l'appelle cocu, cornard, que sais-je ? pendant qu'il essuie par ses baisers les larmes de son infidèle. Mais ne vaut-il pas mieux se

tromper de la sorte que de se consumer de jalousie et
de se livrer à des fureurs tragiques ?

En somme, sans moi, il n'y a ni société, ni liaison
agréable et sûre. Le sujet serait bientôt las de son
prince, le valet de son maître, la suivante de sa maîtresse, l'élève de son précepteur, l'ami de son ami, la
femme de son mari, l'ouvrier de son patron, le camarade de son camarade, l'hôte de son hôte, s'ils ne se
trompaient réciproquement, s'ils ne se flattaient, s'ils
ne s'aveuglaient à propos, s'ils ne se frottaient un peu
du miel de la folie. Tout cela vous paraît étrange ;
voici qui l'est davantage.

Dites-moi, l'homme qui se hait soi-même peut-il

aimer quelqu'un ? Celui qui est mécontent de soi s'ac-
cordera-t-il avec un autre ? Celui qui meurt d'ennui
récréera-t-il son voisin ? Assurément, pour l'affirmer,
il faudrait être plus fou que la Folie. Eh bien ! si l'on
m'excluait, loin de supporter les autres, on se pren-
drait soi-même en dégoût, on trouverait son sort
affreux, on serait à charge à soi-même. La nature,
dans bien des circonstances plus marâtre que mère, a
gravé dans l'esprit des hommes, et surtout des plus
sensés, un travers qui les porte à être mécontents
d'eux-mêmes et à admirer autrui. Il en résulte que
tous les avantages, tous les agréments, tout le charme
de la vie, se ternissent et disparaissent. A quoi sert,
en effet, la beauté, ce rare présent des dieux, si on la
laisse se flétrir ? Que devient la jeunesse, si le levain
de l'ennui, qui est le propre de la vieillesse, la cor-
rompt ? La première règle non-seulement de l'art, mais
de toutes nos actions, est d'observer la bienséance. Or,
dans toute la conduite de la vie, soit vis-à-vis de vous-
mêmes, soit envers les autres, vous ne ferez rien con-
venablement sans le secours de Philautie, que je puis
bien appeler ma sœur, tant elle me prête partout un
puissant concours ! Qu'y a-t-il de plus fou que de
s'aimer, que de s'admirer soi-même ? Mais, en revanche, où sera la grâce, le charme, la beauté, dans
ce que vous ferez, si vous êtes mécontent de vous ?

Retranchez cet assaisonnement de la vie, aussitôt le débit de l'orateur se refroidira, les accords du musicien ennuieront, le jeu de l'acteur sera sifflé, on rira du poëte et de ses vers, le peintre se morfondra avec son pinceau, le médecin avec ses drogues mourra de faim. Nirée ressemblera à Thersite, Phaon à Nestor[1], Minerve à un pourceau, l'homme éloquent à l'enfant qui balbutie, l'élégant à un lourdaud de village. Tant il

est nécessaire que l'on se flatte soi-même et que l'on s'applaudisse un peu si l'on veut obtenir les suffrages d'autrui. Enfin, puisque le bonheur consiste surtout *à vouloir être ce que l'on est*[2], ma sœur Philautie procure pleinement cette satisfaction, en faisant que nul n'est mécontent ni de sa figure, ni de son esprit, ni de sa naissance, ni de son rang, ni de son éducation, ni de

---

1. Nirée et Thersite sont, dans Homère, les deux types opposés de la beauté et de la laideur ; Phaon y représente la jeunesse, et Nestor la vieillesse.

2. Martial, X, 47.

sa patrie. Si bien que l'Irlandais ne voudrait pas changer avec l'Italien, le Thrace avec l'Athénien, le Scythe
avec l'habitant des îles Fortunées. Quelle admirable
prévoyance de la nature, qui, parmi tant de choses
différentes, a su établir une parfaite égalité ! Si elle
refuse à quelqu'un certains avantages, elle lui accorde
une dose de plus d'amour de soi ; mais ce que je dis
là est véritablement de la folie, puisque l'amour de soi
est le plus grand de tous les avantages.

Je puis dire qu'il n'est aucune action d'éclat que je
n'inspire, aucun art que je n'aie inventé. La guerre
n'est-elle pas la source et le théâtre de tous les hauts
faits ? Or quoi de plus fou que d'engager, à propos de
je ne sais quoi, une pareille lutte, d'où il résulte toujours pour les deux partis plus de mal que de bien ?
Ceux qui succombent sont comme les gens de Mégare :
ils ne comptent pas. Quand les deux armées sont en présence et que retentit le son bruyant des trompettes, à
quoi serviraient, je le demande, ces sages qui, exténués
par l'étude, tirent à peine un souffle de leur sang appau-
vri et glacé ? Il faut des gens gros et gras, qui aient
beaucoup d'audace et fort peu d'esprit. A moins qu'on
ne préfère des guerriers comme Démosthène qui,
suivant le conseil d'Archiloque[1], du plus loin qu'il

---

1. Le poëte Archiloque, s'étant vanté dans une épigramme d'avoir jeté

8

aperçut l'ennemi jeta son bouclier pour fuir, se montrant aussi lâche soldat que sage orateur. Mais, dira-t-on, à la guerre, l'intelligence est d'un très-grand secours. Dans le chef, je l'admets ; mais cette intelligence est celle d'un soldat et non d'un philosophe. Ne sont-ce pas des parasites, des débauchés, des voleurs, des brigands, des rustres, des abrutis, des banqueroutiers, le rebut de la société, qui exercent cette noble profession, plutôt que des philosophes minés par les veilles ?

Ces derniers sont d'une incapacité notoire pour toutes les affaires de la vie. Témoin Socrate lui-même, que l'oracle d'Apollon a déclaré fort peu sagement le seul sage, et qui, ayant voulu parler en public je ne sais à propos de quoi, fit éclater de rire tout son auditoire. Toutefois il a fait preuve de quelque bon sens en ne reconnaissant point le titre de sage, qu'il n'attribue qu'à Dieu, et en engageant le sage à ne pas se mêler de politique, bien qu'il eût mieux fait de dire que, pour vivre en homme, il faut renoncer à la sagesse. D'ailleurs n'est-ce pas la sagesse qui le fit condamner à boire la ciguë ? A force de philosopher sur les nuages, sur les idées, de mesurer les pattes de la puce et d'admirer le bourdonnement du moucheron, il ignora complétement tout ce qui intéresse le commun

---

son bouclier pour fuir plus aisément, les Lacédémoniens le chassèrent de leur ville.

de la vie. Son disciple Platon prit la parole pour le sauver. Le bel avocat vraiment! ahuri par le bruit de la foule, il put à peine prononcer la moitié de sa période. Que dire de Théophraste qui, étant monté à la tribune, resta coi comme si le loup lui eût apparu? Aurait-il été capable d'animer des soldats sur un champ de bataille? Isocrate, par timidité de caractère, n'osa jamais ouvrir la bouche. Cicéron, le père de l'éloquence romaine, débuta toujours avec un tremblement de voix désagréable : il avait l'air d'un enfant qui pleure. Quintilien dit que cela prouve le bon sens de l'orateur qui connaît le danger. Mais n'est-ce pas avouer clairement que la sagesse nuit au succès? Que feront, l'épée à la main, ces gens qui meurent d'effroi quand il s'agit de combattre avec de simples mots?

Qu'on ose, après cela, vanter cette fameuse maxime de Platon : « Qu'heureuses seraient les républiques si les philosophes gouvernaient, ou si ceux qui gouvernent étaient philosophes! » Au contraire, si vous consultez les historiens, vous verrez assurément que le plus grand malheur d'un État est de tomber aux mains d'un soi-disant philosophe ou d'un lettré. Les deux Caton, à mon avis, en sont un exemple frappant. L'un, par ses dénonciations insensées, a jeté le trouble dans la république; et l'autre, pour avoir défendu avec trop de sagesse la liberté du peuple romain, l'a renversée de fond

en comble. Ajoutez les Brutus, les Cassius, les Grac-
ques et Cicéron lui-même, qui ne fut pas moins funeste
à la république des Romains que Démosthène à celle
des Athéniens. Admettons qu'Antonin fut un bon empereur, bien que j'aie le droit de le contester, puisque
son zèle pour la philosophie lui attira l'impopularité
de ses sujets ; admettons toutefois qu'il fut bon : assurément il fit plus de mal à l'empire en lui laissant un
tel fils qu'il ne lui avait fait de bien par son adminis-
tration. Si tous ceux qui s'adonnent à l'étude de la sagesse sont généralement malheureux, surtout dans la
personne de leurs enfants, il est évident que la nature a
voulu que ce fléau de la sagesse ne se propageât pas
trop chez les humains. On sait que Cicéron eut un fils
dégénéré ; les enfants du sage Socrate, comme le fait
remarquer justement un écrivain, ressemblèrent plus à

leur mère qu'à leur père, c'est-à-dire qu'ils étaient
fous.

On leur passerait encore d'être dans les charges publiques comme *des ânes devant une lyre*, si, dans tous les
exercices de la vie, ils n'étaient pas d'une gaucherie
sans pareille. Conviez un sage à votre table, il choquera
les convives par son morne silence ou par ses questions
déplacées; invitez-le au bal, vous croirez voir danser
un chameau; menez-le au spectacle, son visage seul
troublera la fête, et le sage Caton sera forcé de quitter
la salle, pour n'avoir pas pu se dérider. S'il survient au
milieu d'une conversation, il produit aussitôt l'effet du
loup de la fable. S'agit-il d'un achat, d'un contrat, d'un
de ces actes dont le besoin se fait sentir journellement
dans la vie, votre sage a plutôt l'air d'une bûche que
d'un homme. En quoi pourrait-il être utile à lui-même,
à sa patrie, à ses amis, puisqu'il ignore les choses les
plus communes et qu'il est à mille lieues des opinions
et des usages du vulgaire? Cette différence absolue de
conduite et de sentiments doit nécessairement l'exposer
à la haine. Que voit-on chez les hommes qui ne soit
marqué au coin de la Folie? Tout se fait par des fous
devant d'autres fous. S'il en est un qui veuille protester
contre tous, je lui conseille, à l'exemple de Timon[1],

---

1. Grec, renommé pour sa misanthropie.

d'émigrer dans un désert pour y jouir seul de sa sagesse.

Revenons à mon sujet. Quelle puissance a réuni en société ces hommes sauvages, issus d'un roc ou d'un chêne, sinon la flatterie ? La lyre d'Amphion et d'Orphée ne signifie pas autre chose. Quand le peuple romain allait se porter aux dernières extrémités, qui a rétabli l'accord dans la République ? Est-ce un discours philosophique ? Nullement. C'est une fable bouffonne et puérile qui avait pour personnages le ventre et les autres parties du corps. Thémistocle, avec une pareille fable, « le Renard et le Hérisson », obtint le même résultat. Le discours d'un sage aurait-il produit autant d'effet que la biche imaginaire de Sertorius[1], que les deux chiens de Lycurgue et que la plaisante fiction du même Sertorius sur la manière d'arracher les crins de la queue d'un cheval ? Je ne parle pas de Minos et de Numa qui, tous deux, gouvernèrent par des inventions fabuleuses la sotte multitude. C'est à l'aide de ces niaiseries que l'on mène cette énorme et puissante bête qui s'appelle le peuple.

Est-il une république qui ait jamais adopté les lois de Platon et d'Aristote ou les maximes de Socrate ?

---

1. Sertorius, pour relever le moral de ses soldats, leur fit accroire que Diane lui avait envoyé une biche qui le tenait au courant de tous les desseins de l'ennemi.

Qui a déterminé les Décius à se dévouer spontané-
ment aux dieux mânes ? Qui a entraîné Curtius dans
le gouffre ? Pas autre chose que la vaine gloire, cette
sirène enchanteresse que vos sages condamnent tant.
« Quoi de plus fou, disent-ils, que de mendier les
suffrages du peuple, d'acheter sa faveur par des dons,
de briguer les applaudissements de tant de fous, de
s'enorgueillir de leurs acclamations, de se faire traîner
sur un char de triomphe comme une idole exposée à
tous les regards, de se faire dresser une statue sur la

place publique ? Ajoutez à cela cette profusion de
noms et de prénoms. Ajoutez ces honneurs divins
rendus à un chétif mortel, et ces cérémonies publiques
où les plus affreux tyrans sont mis au nombre des
dieux. Tout cela est de la dernière folie, et ce n'est
point assez d'un Démocrite pour en rire. » D'accord.
Mais c'est de là que sont nés les exploits des héros
que, dans leurs pages éloquentes, tant d'écrivains élèvent jusqu'aux nues. Cette folie est le fondement de la
société ; c'est elle qui dirige les empires, les gouverne-
ments, la religion, les assemblées, les tribunaux ;
la vie humaine, en un mot, n'est qu'un jeu de la
folie.

En ce qui concerne les arts, qui a poussé l'esprit de
l'homme à découvrir et à léguer à la postérité tant de
connaissances réputées admirables, sinon la soif de la
gloire ? C'est à force de veilles et de labeurs que des
hommes véritablement fous ont cru acheter une pré-
tendue renommée qui n'est que chimère. Il n'est pas
moins vrai que vous devez à la folie tant de précieux
avantages, et, ce qu'il y a de plus agréable, vous pro-
fitez de la folie d'autrui.

Maintenant que j'ai revendiqué la palme de la bra-
voure et du génie, que direz-vous si je réclame encore
celle du bon sens ? Autant vaudrait, s'écriera-t-on,
marier le feu et l'eau. Je me flatte de vous le prouver,

si, comme vous l'avez fait jusqu'à présent, vous voulez bien m'accorder toute votre attention. D'abord, si le bon sens dépend de la pratique des affaires, à qui doit en revenir l'honneur ? Est-ce au sage, qui, soit par modestie, soit par timidité de caractère, n'entreprend rien, ou au fou, que n'arrêtent jamais ni la modestie, puisqu'il n'en a pas, ni le danger, puisqu'il l'ignore ? Le sage se plonge dans les livres des anciens, où il n'apprend que de vaines subtilités. Le fou, en allant droit aux choses, en les maniant de près, acquiert, si je ne me trompe, le véritable bon sens. Homère, tout aveugle qu'il était, l'a bien vu, lorsqu'il a dit : *Le fou s'instruit à ses dépens.* Deux grands obstacles s'opposent à la connaissance des affaires : la honte, qui trouble l'esprit, et la crainte, qui, en signalant le péril, empêche de mettre la main à l'œuvre. La Folie vous délivre à merveille de ce double inconvénient. Peu de gens comprennent l'immense avantage qu'il y a à ne jamais rougir et à tout oser. Si l'on fait consister le bon sens dans la juste appréciation des choses, écoutez, je vous prie, combien ceux qui se vantent le plus d'en avoir en sont dépourvus.

Premièrement, il est de fait que toutes les choses ont, comme les Silènes[1] d'Alcibiade, deux faces entiè-

---

1. Voir la note au bas de la page 23.

.rement dissemblables. Vous lisez la mort sur le front, interrogez le cœur, c'est la vie ; y lisez-vous au contraire la vie, c'est la mort. La beauté cache la laideur ; l'opulence, la pauvreté ; l'infamie, la gloire ; le savoir, l'ignorance ; la force, la faiblesse ; la noblesse, l'obscurité ; la joie, la tristesse ; la prospérité, la disgrâce ; l'amitié, la haine ; le remède, le poison. En un mot, ouvrez le Silène, tout est changé.

Si cette démonstration vous semble trop philosophique, je vais m'expliquer d'une façon plus claire, en invoquant ce qu'on appelle le gros bon sens.

Il n'est personne qui ne considère un roi comme très-riche et tout-puissant. Mais s'il ne possède aucune des qualités de l'âme, il n'a rien, il est dans la plus profonde indigence. Si une foule de passions le dominent, ce n'est plus qu'un vil esclave. Je pourrais appliquer le même raisonnement à toutes les positions de la vie, mais il suffit de cet exemple. Qu'est-ce que cela prouve ? dira-t-on. Écoutez où je veux en venir. Si, lorsque les acteurs sont en scène, quelqu'un s'avisait d'ôter leurs masques pour montrer aux spectateurs leurs figures vraies et naturelles, ne troublerait-il pas toute la pièce, et ne mériterait-il pas qu'on le chassât du théâtre à coups de pierres comme un frénétique ? Soudain tout changerait d'aspect : la femme de tout à l'heure deviendrait un homme ; le jeune homme, un

vieillard ; le roi, un Dama [1] ; le dieu, un pauvre diable.
En détruisant cette erreur, vous bouleversez toute la
pièce. C'est ce travestissement, c'est ce fard, qui char-
ment les yeux des spectateurs. Eh bien ! la vie humaine
n'est autre chose qu'une comédie, où, sous un masque
d'emprunt, chacun joue son rôle jusqu'à ce que le cho-
rége le renvoie de la scène. Celui-ci fait souvent jouer
au même individu des rôles opposés, et tel qui vient
de paraître sous la pourpre d'un roi endosse les hail-
lons de l'esclave. Oui, tout est travesti, et la comédie
humaine ne se joue pas autrement.

Je suppose qu'un sage descendu du ciel apparaisse
tout à coup et s'écrie : « Cet être que tout le monde

---

1. Sous ce nom Horace et Perse désignent un homme de la plus basse
condition.

révère comme un dieu et comme un souverain n'est pas même un homme, parce qu'il se laisse gouverner par les penchants de la brute ; c'est un esclave de la pire espèce, parce qu'il obéit volontairement à tant d'abominables despotes ; ce fils, au lieu de pleurer son père qu'il vient de perdre, devrait se réjouir, parce que le défunt commence à vivre véritablement, puisque la vie n'est que l'image de la mort ; cet autre, entiché de sa race, n'est qu'un bâtard et un vilain, parce qu'il est à cent lieues de la vertu, qui est la seule marque de la noblesse. » Je suppose qu'il apostrophe tout le monde de la sorte, franchement ne le prendrait-on pas pour un fou furieux ? Si rien n'est plus sot qu'une sagesse intempestive, rien n'est plus maladroit qu'un bon sens à rebours. C'est agir à rebours que de ne pas se plier aux usages reçus ; que de ne pas obéir aux circonstances ; que de méconnaître cette loi de la table : *Bois ou va-t'en ;* que de vouloir que la comédie ne soit pas la comédie. Au contraire, c'est faire preuve d'un bon sens exquis que de ne pas ambitionner plus de sagesse que n'en comporte la nature de l'homme ; que d'être volontiers du même avis que le genre humain ou de se tromper complaisamment avec lui. Mais c'est de la folie, dira-t-on. Je suis loin de le nier, pourvu que l'on m'accorde en revanche que c'est ainsi que se joue la comédie humaine.

9

Dieux immortels, dois-je le dire ou le taire? Pourquoi le tairais-je, puisque c'est la pure vérité? Peut-être serait-il plus convenable, dans une question aussi importante, de faire descendre de l'Hélicon les Muses que les poëtes invoquent d'ordinaire pour de simples bagatelles. Inspirez-moi donc un instant, filles de Jupiter : je vais démontrer que nul ne peut atteindre cette fameuse sagesse qu'on nomme l'asile du bonheur, sans être guidé par la folie. Premièrement, il est hors de doute que toutes les passions sont du ressort de la Folie. La seule différence qui existe entre le sage et le fou, c'est que l'un est gouverné par la raison, et l'autre par la passion ; aussi les stoïciens écartent-ils du sage toutes les passions comme autant de maladies. Mais ces passions ne sont pas seulement des pilotes qui conduisent au port de la sagesse ceux qui y marchent ; dans la carrière de la vertu, ce sont des aiguillons et des éperons qui excitent à faire le bien. N'en déplaise à Sénèque, ce stoïcien renforcé qui interdit formellement au sage toute passion. En agissant ainsi, il supprime l'homme et *forge* une nouvelle espèce de dieu qui n'a existé nulle part et qui n'existera jamais. Pour parler net, il fait de l'homme une statue de marbre inintelligente et vide de tout sentiment humain. Qu'ils jouissent donc tant qu'ils voudront de leur sage ; qu'ils l'aiment sans crainte d'un rival et qu'ils aillent habiter avec lui la

république de Platon, la région des Idées ou les jar-
dins de Tantale.

Qui ne fuirait avec horreur, à l'égal d'un monstre
et d'un spectre, un homme sourd à tous les sentiments
de la nature, sans passion aucune, aussi inaccessible à
l'amour et à la pitié *que le plus dur rocher ou qu'un
marbre de Paros*[1], à qui rien n'échappe, qui ne se
trompe jamais, qui voit tout avec des yeux de Lyncée,
qui mesure tout au cordeau, qui ne pardonne rien,
qui n'est content que de lui seul, qui seul est riche,
seul raisonnable, seul roi, seul libre, en un mot, qui
seul est tout, mais à son avis seul, qui ne tient pas
à être aimé, qui n'aime personne, qui ose narguer les
dieux mêmes, qui condamne comme insensé tout ce
qui se fait dans la vie et qui s'en moque ? Tel est le
portrait de l'animal qui passe pour un sage accompli.
Je le demande, si l'on recueillait les suffrages, quelle
ville voudrait de lui pour son magistrat, quelle armée
pour son général ? Je dis plus, quelle femme endure-
rait un pareil mari, quel hôte inviterait un pareil convive, quel valet pourrait supporter un maître ainsi
fait ? N'aimerait-on pas mieux prendre au hasard
parmi les plus fous un fou capable de commander ou
d'obéir aux fous, chéri de ses semblables qui compo-

---

1. Virgile, *Énéide*, VI, 471.

sent la majorité, complaisant pour sa femme, jovial avec ses amis, charmant convive, bon compagnon, enfin *à qui rien d'humain ne fût étranger* [1]? Mais voilà assez longtemps que votre sage m'ennuie ; passons à des choses plus agréables.

Supposons que quelqu'un, jetant les yeux du haut d'un observatoire, comme Jupiter le fait parfois au dire des poëtes, pût voir à combien de maux la vie de l'homme est exposée : sa naissance misérable et sordide, les peines de son éducation, les périls que court son enfance, les rudes travaux auxquels est astreinte sa jeunesse, les incommodités de sa vieillesse, la dure nécessité de la mort ; et, de son vivant, toutes les maladies qui l'assiégent, les accidens qui le menacent, les malheurs qui fondent sur lui, enfin toute son existence mêlée de fiel. Je ne parle pas des maux que l'homme cause à l'homme, tels que la pauvreté, la prison, le déshonneur, la honte, la torture, les embûches, la trahison, les injures, les procès, les fraudes ; ce serait vouloir *compter les grains de sable*. Par quelles fautes les hommes ont mérité un pareil sort, quel dieu dans sa colère les a condamnés à naître pour être aussi malheureux, il ne m'appartient pas de le dire maintenant. Mais en réfléchissant à tout cela, ne serait-on pas tenté

---

1. Térence, *le Bourreau de soi-même*, v. 77.

d'approuver l'exemple des jeunes Milésiennes[1], tout déplorable qu'il soit? Or, quels sont principalement ceux qui, par dégoût de la vie, ont attenté à leurs jours? Ne sont-ce pas les familiers de la sagesse? Sans parler des Diogène, des Xénocrate, des Caton, des Cassius et des Brutus, Chiron préféra la mort à l'immortalité qu'on lui offrait. Vous voyez maintenant ce qui arriverait si tous les hommes étaient sages; il faudrait assurément recourir à un nouveau limon et à l'art d'un second Prométhée. Mais moi, à l'aide de l'ignorance, de l'étourderie, de l'oubli des maux, de l'espoir du bonheur, d'un peu de miel que je répands sur la volupté, je les soulage si bien dans leur infortune qu'ils ont de la peine à quitter la vie quand, les Parques ayant filé leur trame, la vie les abandonne depuis longtemps. Moins ils ont de motifs de vivre, plus ils tiennent à la vie; tant s'en faut qu'elle leur pèse. Tous ces vieux Nestors, chez qui la forme humaine n'existe plus, balbutiant, radotant, édentés, blancs, chauves, et, pour les peindre avec les expressions d'Aristophane, *sales, voûtés, ridés, sans cheveux, sans dents, sans menton,* c'est à moi que vous devez de les voir aimer tellement la vie qu'ils font tout pour se rajeunir. L'un teint ses cheveux blancs, l'autre cache sa calvitie sous une

---

1. Les jeunes filles de Milet, au rapport d'Aulu-Gelle, furent saisies de la manie du suicide.

perruque; celui-ci se sert de dents qu'il a peut-être empruntées à un cochon, celui-là aime éperdument une jeune fille et surpasse toutes les folies amoureuses d'un jeune homme. Que ces moribonds, qui ont un pied dans la tombe, épousent un jeune tendron sans dot et qui servira à d'autres, la chose est si commune qu'on s'en fait presque gloire. Mais ce qu'il y a de plus joli, c'est de voir des vieilles, si décrépites et si cadavéreuses qu'on les dirait revenues des enfers, répéter sans cesse: *Vive la vie!* être encore en chaleur, ou, comme disent les Grecs, *en rut,* séduire à prix d'or un nouveau Phaon, s'enduire constamment le visage de fard, ne pas quitter leur miroir, s'épiler les parties secrètes, étaler des mamelles flasques et flétries,

stimuler d'une voix chevrotante l'amour languissant,
boire, se mêler aux danses des jeunes filles, écrire des
billets doux. Tout le monde en rit et les considère avec
raison comme archi-folles; toujours est-il qu'elles sont
contentes d'elles, qu'elles goûtent un bonheur parfait,
que leur existence est toute de miel, et que grâce à
moi elles sont heureuses. Que ceux qui troùvent cela
ridicule examinent s'il ne vaut pas mieux mener la vie
la plus agréable à l'aide d'une pareille folie, que de
chercher, comme l'on dit, une poutre pour se pendre.
D'ailleurs, le déshonneur que l'opinion attache à une
pareille conduite n'est rien pour mes fous, qui ne sentent pas ce genre de mal, ou qui, s'ils s'en aperçoivent,
n'y font pas attention. Qu'une pierre vous tombe sur

la tête, voilà ce qui s'appelle un mal ! Mais la honte,
l'infamie, l'opprobre, les injures, ne sont des maux
qu'autant qu'on les sent. Otez le sentiment, le mal
n'existe plus. Qu'importe que tout le monde vous
siffle, pourvu que vous vous applaudissiez vous-même ?
Or, c'est ce que la Folie seule permet de faire.

Mais je crois entendre les protestations des philosophes. « N'est-ce pas un malheur, disent-ils, d'être gouverné par la Folie, de vivre dans l'erreur, dans l'illusion,
dans l'ignorance ? » Eh non ! c'est être homme. Je
ne vois pas que ce soit un malheur, puisque vous
êtes nés ainsi, que vous avez été élevés et façonnés
de la sorte, et que c'est le sort commun. Obéir à sa
nature ne saurait être un malheur, à moins de trouver
que l'homme soit à plaindre parce qu'il ne peut pas
voler comme l'oiseau, ni marcher à quatre pattes
comme le reste des animaux, ni porter des cornes
comme le taureau. On pourrait dire tout aussi bien
d'un très-beau cheval qu'il est malheureux de ne point
connaître la grammaire et de ne point manger de pâtés,
et, d'un taureau, qu'il est à plaindre de ne pouvoir faire
de la gymnastique. Or, de même que le cheval n'est
point malheureux pour ignorer la grammaire, l'homme
ne l'est pas davantage pour être fou, puisque la folie
est conforme à sa nature. Mais nos fins raisonneurs
reviennent à la charge. « Le savoir, disent-ils, a été

donné spécialement à l'homme pour l'aider à compenser par son intelligence ce que la nature lui a ôté. » Comme s'il était présumable que la nature, qui s'est montrée si vigilante pour les moucherons et même pour les plantes et les fleurs, se fût endormie pour l'homme seul, en l'obligeant de recourir aux sciences que Theuth [1], ce génie ennemi du genre humain, imagina pour combler ses maux, et qui sont si peu utiles au bonheur qu'elles nuisent même au but en vue duquel on prétend qu'elles ont été inventées, comme le prouve fort bien dans Platon un roi plein de sens à propos de l'invention de l'écriture [2]. Les sciences se sont donc introduites avec les autres fléaux de la vie humaine, elles ont eu pour auteurs les pères de toutes les iniquités, c'est-à-dire les démons, dont le nom, emprunté d'elles, signifie savants.

Dans la simplicité de l'âge d'or, l'homme, dépourvu de toute espèce de science, vivait sans autre guide que l'instinct de la nature. Quel besoin avait-on de la grammaire, alors que la langue était la même pour tous et que l'on parlait uniquement pour se faire comprendre ? De quoi eût servi la dialectique, puisque toutes les opi-

---

1. Dieu de l'Égypte, qui passe pour l'inventeur des nombres, du calcul, de la géométrie, de l'astronomie, du jeu d'échecs, du jeu de dés et de l'écriture.

2. Thamus, roi d'Égypte, qui répondit à Theuth que l'invention de l'écriture ne serait bonne qu'à faire oublier les choses, en empêchant de cultiver la mémoire. Voir Platon, *Phèdre*.

nions étaient d'accord ? Qu'eût-on fait de la rhétorique,
puisque la chicane était inconnue ? A quoi bon recourir
à la jurisprudence en l'absence des mauvaises mœurs,
qui, on le sait, sont mères des bonnes lois ? On était
trop religieux pour scruter d'un œil impie les mystères
de la nature, la dimension des astres, leurs mouvements,
leur influence et les ressorts cachés de l'univers. On
regardait comme un crime qu'un mortel voulût en savoir
plus que ne comporte sa condition. La folie de sonder
ce qui se passe au delà des cieux ne venait pas même à
la pensée. A mesure que disparut la pureté de l'âge
d'or, les mauvais génies dont j'ai parlé inventèrent les
arts, qui furent d'abord en petit nombre et comptèrent
peu d'adeptes. Ensuite la superstition des Chaldéens
et la frivolité oiseuse des Grecs multiplièrent à l'infini
ces véritables tortures de l'intelligence, à telles ensei-
gnes que la grammaire seule suffit largement pour faire
le supplice de toute la vie.

D'ailleurs, parmi ces sciences, les plus estimées sont
celles qui se rapprochent davantage du sens commun,
c'est-à-dire de la folie. Les théologiens meurent de
faim, les physiciens se morfondent ; on se moque des
astrologues, on méprise les dialecticiens. A lui seul
le médecin vaut beaucoup d'autres hommes[1]. Et dans

---

1. Homère, *Iliade*, XI, 514.

cette catégorie, le plus ignorant, le plus téméraire, le
plus étourdi, n'en est que plus en vogue, même parmi
le grand monde. La médecine, telle qu'on l'exerce généralement aujourd'hui, n'est qu'une dépendance de la
flatterie, de même que la rhétorique. Après les médecins

et peut-être au-dessus d'eux sont les gens de loi. Je ne
veux rien dire de leur profession, mais tous les philosophes s'en moquent comme d'une ânerie. Cependant
c'est au gré de ces ânes que se traitent les plus grandes
et les plus petites affaires. Leurs domaines s'agrandis-

sent pendant que le théologien, qui a compulsé toutes
les archives de la Divinité, mâchonne des lupins et fait
une guerre assidue aux punaises et aux poux. De même
que les arts les plus favorisés sont ceux qui se rapprochent le plus de la folie, les hommes les plus heureux
sont ceux qui rompent tout commerce avec la science

pour se laisser guider par la nature, laquelle n'est jamais
en défaut, à moins que l'on ne veuille dépasser les bornes de la condition humaine.

La nature est ennemie de l'artifice, et ce que l'art
n'a pas profané n'en vaut que mieux. Tenez, ne voyez-
vous pas que parmi les différentes espèces d'animaux
ceux-là mènent la vie la plus agréable qui sont rebelles
à toute éducation et ne reconnaissent d'autre maître
que la nature ? Quoi de plus heureux, de plus merveil-

leux que les abeilles ? Pourtant elles ne possèdent pas
tous les sens. L'architecture peut-elle les égaler dans la
construction des édifices ? Quel philosophe a jamais
fondé une pareille république ? Le cheval, au contraire,
par la raison qu'il a les mêmes sens que l'homme et
qu'il vit sous son toit, partage les maux de l'humanité.
En effet, souvent, pour ne pas être vaincu à la course, il
s'épuise, et sur un champ de bataille, jaloux de triompher, il est percé de coups et mord la poussière avec
son cavalier. Je ne parle pas du mors qui le retient,
des éperons qui l'aiguillonnent, de l'écurie où il est
emprisonné, des fouets, des bâtons, des brides, du cavalier, enfin de tout cet attirail de l'esclavage auquel
il s'est soumis volontairement, lorsque, à l'exemple des
héros, il voulut à tout prix tirer vengeance de son
ennemi. Combien est préférable le sort des mouches
et des oiseaux, qui vivent au hasard et n'obéissent qu'à
l'instinct de la nature tant qu'ils échappent aux embûches de l'homme ! Dès qu'ils sont mis en cage et qu'on
leur apprend à imiter la voix humaine, ils perdent sin-
gulièrement de leur beauté naturelle. Tant il est vrai
que les créations de la nature sont de tous points supé-
rieures aux travestissements de l'art !

Aussi ne saurais-je trop louer ce Pythagore déguisé
en coq, qui, après avoir été tout, philosophe, homme,
femme, roi, sujet, poisson, cheval, grenouille, et même

éponge, à ce que je crois, jugea qu'il n'y avait pas d'a-
nimal plus malheureux que l'homme, par la raison que
tous les autres animaux se renferment dans les bornes
de la nature et que l'homme seul veut franchir les limites imposées à sa condition. Et encore parmi les hommes
il préfère de beaucoup les idiots aux savants et aux
puissants. Gryllus n'a-t-il pas été plus sensé que *le sage
Ulysse*, lorsqu'il aima mieux grogner dans une étable
que d'affronter avec lui tant de périls ? Homère, le père
de la Fable, me semble partager cette opinion. Il appelle fréquemment tous les mortels *malheureux et in-
fortunés;* il prodigue à Ulysse, qu'il représente comme
le modèle de la sagesse, l'épithète de *gémissant,* qu'il
n'emploie jamais ni pour Pâris, ni pour Ajax, ni pour
Achille. D'où vient cela ? C'est qu'Ulysse, rusé et artificieux, ne faisait rien sans consulter Pallas, et que, par
excès de sagesse, il s'écartait le plus possible des lois
de la nature.

Ainsi donc si, parmi les mortels, ceux-là sont le plus
éloignés du bonheur qui se passionnent pour la sagesse,
et qui, par une double folie, oubliant la condition humaine dans laquelle ils sont nés, aspirent à la vie des
dieux immortels et, à l'exemple des géants, font la
guerre à la nature avec les batteries de la science, ceux-
ci sont complétement étrangers au malheur qui, se
rapprochant le plus des instincts et de la stupidité de

la brute, n'entreprennent rien qui soit au-dessus de l'homme. Je vais essayer de vous le démontrer, non par les enthymèmes des stoïciens, mais par un exemple frappant.

Au nom des dieux immortels, est-il rien de plus heureux que cette espèce d'hommes qu'on traite ordinairement de fous, d'insensés, de sots, d'imbéciles, les plus beaux des surnoms, à mon avis? Cette assertion, au premier aspect, paraîtra peut-être folle et absurde; elle est pourtant rigoureusement vraie. D'abord ils sont exempts de la crainte de la mort, laquelle, par Jupiter, n'est pas un léger tourment. Leur conscience n'est point agitée par les remords. Les contes de revenants ne les effrayent pas; ils n'ont pas peur des spectres ni des loups-garous. Ils ne sont ni troublés par la crainte des maux qui les menacent, ni enflés par la perspective du bonheur. En un mot, ils ne sont pas en proie aux mille soucis dont la vie est semée. Ils ne connaissent ni la honte, ni la crainte, ni l'ambition, ni la jalousie, ni l'amour. Enfin, s'ils arrivent à la stupidité de la brute, ils sont impeccables, au dire des théologiens.

O sage archi-fou, récapitule maintenant tous les soucis qui te torturent jour et nuit, réunis en un monceau tous les inconvénients de ta vie, et tu comprendras enfin à combien de maux j'ai dérobé mes fous. En outre, non-seulement ils ne font que se réjouir, badiner, chanter et rire, mais encore ils répandent partout autour d'eux le plaisir, l'amusement, la gaieté et la joie, comme si les dieux, dans leur bonté, les avaient fait naître uniquement pour égayer la tristesse de la vie humaine. Aussi, tandis que les hommes sont animés les uns envers les autres de dispositions diverses, tout le monde indistinctement les considère comme des amis, les recherche, les régale, les caresse, les aide au besoin, et leur pardonne tout ce qu'ils disent et tout ce qu'ils font. On cherche si peu à leur nuire que les animaux sauvages même se gardent de leur faire du mal par un instinct naturel de leur innocuité. En effet, ils sont réellement sous la sauvegarde des dieux et particulièrement sous la mienne; tout le monde a donc raison de les respecter.

Les plus grands rois les affectionnent tellement qu'il y en a plusieurs qui ne sauraient ni se mettre à table,

ni faire un pas, ni passer une heure de suite sans eux.
Ils mettent leurs bouffons bien au-dessus de ces philosophes austères qu'ils protégent quelquefois par vanité.
La cause de cette préférence est facile à comprendre et
n'a rien d'étonnant. Ces sages ne savent tenir aux
princes qu'un langage triste ; fiers de leur savoir, souvent ils ne craignent pas *de blesser les oreilles délicates
par de mordantes vérités*[1] *;* tandis que les fous procurent
la seule chose que les princes recherchent à tout prix,
n'importe où : jeux, gaieté, rires, amusements. Remarquez que les fous possèdent une qualité qui n'est
point à dédaigner : ils sont les seuls qui soient francs
et véridiques. Or qu'y a-t-il de plus beau que la vérité ?
Bien que, dans Platon[2], Alcibiade prétende que la vérité est l'apanage du vin et de l'enfance, c'est à moi
qu'en revient tout le mérite, suivant le témoignage d'Euripide, qui a dit de moi ce mot fameux : *le fou débite
des folies*[3]. Le fou reflète sur son visage et manifeste
dans ses paroles tout ce qu'il a dans le cœur. Le sage,
au contraire, a deux langues, c'est encore Euripide
qui le déclare : l'une est l'organe de la vérité, l'autre
s'exprime suivant les circonstances. Il a le don de
changer le noir en blanc, de souffler avec la même

1. Perse, *Satires,* I, v. 107.
2. *Le Banquet.*
3. *Les Bacchantes.*

bouche le froid et le chaud, et de déguiser dans son langage ses plus vifs sentiments. Certes, les princes, avec tout leur bonheur, me paraissent extrêmement malheureux de ne pouvoir entendre la vérité et d'être obligés d'avoir des flatteurs au lieu d'amis. « Mais, dira-t-on, les oreilles des princes ont horreur de la vérité, et s'ils fuient les sages, c'est dans la crainte d'en rencontrer un qui soit assez libre pour oser leur dire des choses plus vraies qu'agréables. » Oui, j'en conviens, les rois n'aiment pas la vérité. Eh bien, chose surprenante, l'exemple de mes fous prouve qu'ils accueillent avec joie non-seulement la vérité, mais même des injures directes. Tel mot qui, dans la bouche d'un sage, serait puni de mort, étant proféré par un fou cause un plaisir ineffable. En effet, la vérité a le mérite de plaire si l'on n'y mêle rien d'offensant, mais c'est un don que les dieux n'ont accordé qu'aux fous. Voilà

pourquoi cette espèce d'hommes inspire un si grand attrait aux femmes, naturellement amies du plaisir et de la frivolité. Avec elles, quoi qu'ils fassent, fût-ce même des choses très-sérieuses, elles les considèrent comme une plaisanterie et un jeu, tant ce sexe est ingénieux, surtout à pallier ses fautes.

Pour en revenir au bonheur des fous, après avoir passé leur vie au milieu des plaisirs, sans craindre ni sentir la mort, ils vont tout droit aux champs Élysées pour y divertir par leurs ébats les âmes pieuses et oisives. Eh bien, maintenant prenons l'homme le plus sage que vous voudrez et comparons son sort à celui du fou. Quel est le modèle de sagesse que vous lui opposerez? C'est un homme qui a usé toute son enfance et sa jeunesse dans l'étude des sciences, qui a perdu ses plus belles années dans les veilles, dans les soucis, dans les sueurs, qui pendant toute sa vie n'a pas goûté le moindre plaisir; toujours parcimonieux, pauvre, triste, sombre, sévère et dur pour lui-même, odieux et insupportable aux autres, pâle, sec, valétudinaire, chassieux, accablé de vieillesse et d'infirmités avant l'âge, et quittant la vie avant l'heure, bien que la mort importe peu à qui n'a jamais vécu. Voilà le beau portrait du sage.

Mais j'entends coasser de nouveau *les grenouilles du Portique.* « Il n'y a pas de plus grand malheur, disent-elles, que la démence. Or la folie insigne touche à la démence, ou, pour mieux dire, est la démence même. Car qu'est-ce que la démence sinon l'absence de la raison ? » Elles sont dans l'erreur la plus complète. Eh bien, avec l'aide des Muses, réduisons encore ce syllogisme à néant. Leur raisonnement, je l'avoue, est artificieux. Mais, de même que dans Platon [1] Socrate fait deux Vénus d'une seule en la divisant, et deux Amours d'un seul en le partageant, nos dialecticiens devaient distinguer la démence de la démence, pour peu qu'ils voulussent eux-mêmes paraître sensés. En effet, toute démence n'est pas pour cela nuisible. Autrement, Horace n'eût pas dit : *Suis-je le jouet d'un aimable délire ?* [2] Platon [3] n'eût pas compté les transports des poëtes, des devins et des amants parmi les plus grands bonheurs de la vie ; la sibylle n'eût pas qualifié de folle l'entreprise d'Énée [4]. Il y a donc deux sortes de démence. L'une est vomie par les enfers, chaque fois que les Furies vengeresses lancent leurs serpents pour allumer dans le cœur des mortels l'ardeur de la guerre, la soif insatiable de l'or, de honteuses et criminelles amours, le parricide, l'inceste, le sacrilége et autres horreurs, ou pour enfoncer dans les consciences coupables le terrible ai-

---

1. *Le Banquet.*
2. *Odes*, III, 4, v. 5-6.
3. *Phèdre.*
4. *Énéide*, VI, v. 135.

güillon du remords. L'autre démence, qui émane assurément de moi, bien différente de la première, est le
plus grand bien que l'on puisse souhaiter. Elle se produit chaque fois qu'une douce illusion délivre l'âme des
soucis cuisants et la plonge dans un océan de délices.
Cette illusion, Cicéron, dans ses *Lettres à Atticus*, l'implore comme une grande faveur des dieux, afin de pouvoir oublier les maux qui l'accablent. Il n'avait pas
l'esprit de travers, cet habitant d'Argos tellement fou
qu'il regrettait de ne plus pouvoir passer des journées
entières au théâtre tout seul, riant, applaudissant, trans-
porté de joie, parce qu'il croyait voir jouer les plus
belles pièces du monde, quoiqu'on ne jouât rien du
tout. Au reste, pratiquant bien tous les devoirs de la
vie, agréable à ses amis, *complaisant pour sa femme, in-
dulgent pour ses esclaves, et n'entrant pas en fureur pour
une bouteille décachetée*[1]. Sa famille étant parvenue à le
guérir à force de remèdes et l'ayant remis en possession
de lui-même, il s'en plaignit en ces termes: *Par Pollux,
vous m'avez tué, mes amis. Non, vous ne m'avez pas
guéri en m'ôtant le bonheur, en m'arrachant de force
la plus douce illusion*[2]. Il avait bien raison. Ceux-là
seuls étaient dans l'erreur et avaient plus besoin que
lui d'ellébore qui imaginèrent de chasser par des dro-

1. Horace, *Épîtres*, II, 2, v. 134-135.
2. *Ibid.*, v. 139-141.

gues, comme un mal, une si heureuse et si douce folie.

Remarquez que je ne prétends pas qu'il faille quali-
fier de démence toute aberration de l'esprit ou des sens.
Ainsi, qu'un homme qui a la berlue prenne un âne
pour un mulet, qu'un autre admire de mauvais vers
comme un chef-d'œuvre, on ne dira pas pour cela
qu'ils sont fous. Mais si à l'erreur des sens se joint celle
du jugement, on peut affirmer qu'il y a démence ; comme
par exemple celui qui, lorsqu'un âne se met à braire,
croirait entendre une merveilleuse symphonie, ou cet
autre qui, pauvre et de basse condition, s'imaginerait
être Crésus, roi de Lydie. Mais quand cette espèce de
démence, comme cela arrive souvent, tourne à la
gaieté, elle divertit fort ceux qui en sont atteints et ceux
qui, sans être fous au même degré, en sont témoins.
Cette variété de la folie est beaucoup plus commune
qu'on ne pense. Le fou se moque à son tour du fou,
et ils se servent tous deux d'amusement. Il n'est pas
rare de voir un fou achevé rire aux éclats d'un autre
qui l'est moins.

Croyez-en la Folie qui vous parle, plus on est fou,
plus on est heureux, pourvu que l'on s'en tienne au
genre de démence qui relève de moi. Et mon domaine
est si vaste que parmi tous les mortels je doute qu'on
puisse en trouver un seul qui soit sage à toute heure et
qui ne soit pas possédé d'un certain genre de folie.

Voici toute la différence qui existe : qu'un homme prenne une citrouille pour une femme, on le traitera d'insensé, parce que peu de gens commettent cette erreur; mais qu'un mari dont la femme a de nombreux amants jure qu'elle est au-dessus de Pénélope et qu'il s'enorgueillisse de sa chimérique félicité, personne ne dira qu'il est fou, parce qu'on voit tous les jours des maris en faire autant.

Il faut ranger dans cette catégorie ceux qui mettent la chasse au-dessus de tout, et qui ne connaissent pas de plus grande jouissance d'esprit que d'entendre l'horrible son du cor et les aboiements des chiens. Je crois même que lorsqu'ils sentent les excréments de leurs chiens ils trouvent que c'est du baume. Quel bonheur quand il s'agit de dépecer la bête ! Dépecer les taureaux et les béliers, c'est l'affaire du manant; il n'appartient qu'au noble de démembrer la bête fauve. Celui-ci, tête nue, à genoux, armé du coutelas destiné à cet office (car tout autre ne conviendrait pas), découpe religieusement certains membres de l'animal, avec certains gestes et dans un certain ordre. La foule qui l'entoure admire avec recueillement, comme une chose toute nouvelle, un spectacle qu'elle a vu plus de mille fois. Celui qui a eu le bonheur de goûter un morceau de la bête s'en fait un titre de noblesse. A force de courir après les bêtes fauves et d'en manger, ils finissent par

ressembler aux bêtes et n'en croient pas moins qu'ils mènent une vie de rois.

Il faut mettre à côté d'eux ceux qui, dévorés de la rage insatiable de bâtir, changent aujourd'hui le rond en carré et demain le carré en rond. Ils bâtissent sans fin ni mesure, jusqu'à ce que, complétement ruinés, il ne leur reste plus ni où loger, ni de quoi manger. N'importe, ils ont toujours goûté pendant quelques années un bonheur parfait.

Tout près d'eux figurent, à mon sens, les gens qui, par des moyens inconnus et mystérieux, veulent changer la nature des choses et cherchent par terre et par mer de la quintessence[1]. Enivrés d'un doux espoir, ils ne reculent jamais ni devant la fatigue ni devant la dépense. Ils imaginent toujours quelque merveilleuse découverte qui les repaît d'illusion et leur fait aimer leur chimère jusqu'à ce que, à bout de ressources, il ne leur reste pas de quoi construire un fourneau. Ils continuent néanmoins à se bercer de beaux rêves et poussent tant qu'ils peuvent les autres vers la même félicité. Lorsqu'ils ont perdu toute espérance, ils se consolent largement en songeant à cette devise : *Dans les grandes choses, il suffit d'avoir voulu*[2]. Alors ils ac-

---

1. Les alchimistes nommaient ainsi toute substance jouant un rôle important dans la transmutation des métaux.
2. Properce, II, 10, v. 6.

cusent la brièveté de la vie, qui ne leur permet pas d'accomplir une œuvre aussi vaste.

Je ne sais trop si je dois admettre les joueurs dans notre collége. Est-il pourtant un spectacle plus sot et

plus ridicule que de voir une foule de gens tellement passionnés qu'au seul bruit des dés leur cœur tressaille et bondit ? Toujours alléchés par l'appât du gain, lorsqu'ils ont perdu tout ce qu'ils possédaient en brisant leur vaisseau contre l'écueil du jeu, bien plus redoutable que le cap Malée[1], et qu'ils se sont retirés à grand'peine du naufrage complétement nus, ils fraudent tous leurs créanciers plutôt que le gagnant, dans la crainte de passer pour des gens peu délicats. Ne

---

1. Promontoire de la Laconie, qui forme dans la mer une pointe de cinquante mille pas, et qui rend la navigation très-dangereuse à cause des vents contraires.

voit-on pas des vieillards presque aveugles jouer avec des besicles ? Et lorsque enfin *la goutte, bien méritée, a paralysé leurs doigts*[1], ils louent un remplaçant chargé de jeter pour eux les dés dans la tour de bois. Tout cela serait fort joli si, le plus souvent, ce jeu ne dégénérait en rage et ne concernait les Furies plutôt que moi.

Mais en voici d'autres qui assurément sont bien de la même farine que nous. Je veux parler de ceux qui se plaisent soit à entendre, soit à raconter des miracles et des mensonges monstrueux. Ils ne se lassent point d'écouter les fables les plus étranges sur les spectres, sur les revenants, sur les esprits, sur les enfers, sur mille autres merveilles de ce genre. Plus la chose s'éloigne de la vérité, plus ils y ajoutent foi et plus leurs oreilles en sont délicieusement chatouillées. Ces contes ne contribuent pas seulement à tuer le temps d'une façon fort agréable, ils sont encore une source de gain, surtout pour les prêtres et les prédicateurs.

Il faut ranger dans cette catégorie ceux qui nourrissent la folle mais douce conviction qu'en apercevant par hasard saint Christophe sculpté ou peint en Polyphème, ils ne mourront pas dans la journée ; qu'en invoquant la statue de sainte Barbe dans les termes

---

1. Horace, *Satires*, II, 7, v. 15-16.

prescrits, ils reviendront d'un combat sains et saufs ;
qu'en visitant saint Érasme à de certains jours, avec
de certains petits cierges et de certaines petites oraisons, ils deviendront bientôt riches. De même qu'ils
ont un second Hippolyte, ils ont fait de saint Georges
un Hercule. Ils adorent presque son cheval, très-dé-
votement paré d'un caparaçon garni de boules d'or, et
ils cherchent de temps en temps à gagner ses bonnes
grâces par de petits présents. Jurer par son casque
d'airain est un serment de roi.

Que dirai-je de ceux qui se bercent agréablement

de pardons imaginaires[1], et qui mesurent comme avec
une clepsydre la durée du purgatoire, calculant sans
se tromper et avec une précision mathématique les siècles, les années, les mois, les jours et les heures ? Ou
bien de ceux qui, se fondant sur des signes magiques et des oraisons qu'un pieux imposteur a ima-
ginées pour rire ou en vue du gain, se promettent
tout, richesses, honneurs, plaisirs, bonne chère, santé
toujours florissante, longue vie, verte vieillesse, et enfin une place au ciel à côté du Christ ? Encore cette
place, ne la souhaitent-ils que le plus tard possible ;
c'est-à-dire que, quand, à leur grand regret, les plaisirs d'ici-bas, auxquels ils se cramponnent, les auront
abandonnés, ils leur feront succéder les voluptés célestes. Ainsi voilà un marchand, un soldat, un juge,
qui, en jetant une petite pièce de monnaie prise sur
tant de rapines, croit purifier d'un seul coup toutes les
souillures de sa vie, qui s'imagine que tant de parjures,
tant de débauches, tant d'ivresses, tant de disputes,
tant de meurtres, tant d'impostures, tant de perfidies,
tant de trahisons, seront rachetés comme par un traité,
et si bien rachetés qu'il sera libre de recommencer de
nouveau la série de ses crimes. Quoi de plus fou, je
me trompe, quoi de plus heureux que ces gens qui, en

---

1. Les indulgences.

récitant chaque jour sept versets du psautier, se promettent plus que la félicité suprême ? Or ces versets
magiques furent indiqués, dit-on, à saint Bernard par

un démon, goguenard assurément, mais plus étourdi
que malin, car le pauvre diable fut pris dans ses filets[1].
Et de pareilles folies, qui me font presque rougir moi-

1. La légende rapporte que le démon, rencontrant saint Bernard, se
vanta de connaître dans les Psaumes de David sept versets qui conduiraient
infailliblement au ciel quiconque les réciterait chaque jour. Saint Bernard
pressa le démon de les lui indiquer. Celui-ci refusa. « Qu'à cela ne tienne,
répliqua le saint, je réciterai tous les jours d'un bout à l'autre le psautier
dans lequel tes sept versets sont nécessairement compris. » Le démon,
effrayé d'avoir provoqué une telle surabondance de prières, aima mieux
indiquer les sept versets.

même, sont approuvées non-seulement du public, mais de ceux qui enseignent la religion.

A cela se rattache l'usage où est chaque pays de s'arroger son saint particulier. Chaque saint a ses attributions propres et son culte spécial. L'un guérit le mal de dents, l'autre délivre les femmes en couche ; celui-ci restitue les objets volés, celui-là vient au secours des naufragés, cet autre protége le bétail ; et ainsi du reste, car il serait trop long de tout énumérer. Il y en a qui à eux seuls jouissent de plusieurs prérogatives, notamment la Vierge, mère de Dieu, à qui le commun des hommes rend presque plus d'honneurs qu'à son fils. Or que demande-t-on à ces saints, sinon ce qui concerne la Folie ? Parmi tant d'ex-voto qui tapissent tous les murs et jusqu'à la voûte de certains temples, en voyez-vous un seul qui ait été offert pour la guérison de la folie ou pour l'acquisition d'un grain de sagesse ? L'un s'est sauvé à la nage, l'autre a survécu à ses blessures ; celui-ci s'est enfui du champ de bataille avec autant de bonheur que de courage, pendant que les autres combattaient ; celui-là, pendu à la potence, est tombé par la grâce d'un saint, ami des voleurs, afin qu'il continue de soulager ceux que leurs richesses embarrassent. Cet autre a brisé les portes de sa prison ; cet autre s'est guéri de sa fièvre, au désappointement de son médecin. Cet autre, ayant avalé un poison, l'a

rendu par le bas, ce qui l'a purgé au lieu de le tuer,
au grand mécontentement de sa femme, qui a perdu
sa peine et son argent. Celui-ci, dont la voiture a
versé, a ramené les chevaux sains et saufs à l'écurie ;
celui-là a été retiré vivant de dessous des décombres ;
cet autre, surpris par un mari, s'est esquivé. Pas un
ne rend grâces d'être corrigé de la folie. Il y a donc
un bien grand charme dans l'absence de la raison,
puisque les mortels font des vœux pour être préservés
de tout plutôt que de la folie.

Mais à quoi bon m'aventurer sur cet océan des
superstitions ? *Eussé-je cent langues, cent bouches et
une voix d'airain, je ne pourrais débrouiller toutes les
variétés de* fous, *ni énumérer tous les noms de la folie*[1],
tant le christianisme fourmille de ces extravagances.
Les prêtres eux-mêmes les admettent et les entretien-
nent volontiers, n'ignorant pas tout le profit qu'ils en
retirent. Au milieu de tout cela, qu'un sage importun
se lève et proclame ces vérités : « Tu ne feras pas une
mauvaise fin si tu vis sagement. Tu rachèteras tes péchés si tu joins à ta pièce de monnaie la haine de tes
fautes, puis des larmes, des veilles, des prières, des
jeûnes, et si tu changes entièrement de conduite. Ce
saint te protégera si tu imites sa vie. » Qu'un sage, je

---

1. Virgile, *Énéide*, VI, v. 625-627.

le répète, vienne à énoncer ces vérités dures et d'autres de ce genre, voyez quel trouble succéderait soudain au bonheur des mortels !

Classons dans cette catégorie ceux qui, de leur vivant, règlent minutieusement la pompe de leurs funérailles, fixant le nombre des cierges, des manteaux de deuil, des chantres et des pleureurs, comme si l'effet de ce spectacle devait rejaillir jusqu'à eux, et que les morts eussent à rougir de la simplicité de leur enterrement. On dirait, à les voir, des édiles nouvellement nommés qui travaillent à donner des jeux ou des festins.

Quoique je me hâte, je ne puis cependant passer sous silence ces gens qui, aussi vils que le dernier des goujats, s'enorgueillissent d'un vain titre de noblesse.

Celui-ci rapporte son origine à Enée, celui-là à Brutus,
cet autre à Arthur. Ils étalent partout les images de
leurs ancêtres, sculptées ou peintes. Ils comptent leurs
bisaïeux et leurs trisaïeux, ils citent leurs antiques surnoms, bien qu'eux-mêmes ressemblent à des statues
muettes et qu'ils soient plus nuls que les portraits qu'ils
exposent. Néanmoins, grâce à la douce Philautie, ils
jouissent d'un bonheur complet. Il ne manque pas
d'autres fous qui admirent ces sortes de brutes à l'égal
des dieux.

Mais pourquoi me borner à un exemple ou deux,
comme si Philautie n'excellait pas à rendre une foule
d'hommes sans distinction parfaitement heureux ! Celui-
ci, plus laid qu'un singe, se trouve aussi beau que

Nirée ; celui-là, dès qu'il sait tracer trois lignes au
compas, se croit un Euclide ; cet autre, qui est comme
l'*âne devant la lyre,* et *dont la voix est aussi aigre que le
chant du coq amoureux qui mord sa poule*[1]*,* se compare
à Hermogène[2].

Un autre genre de folie, c'est celui de certaines
gens qui se font gloire du mérite de leurs serviteurs
comme s'il leur était personnel. Témoin ce richard
doublement heureux dont parle Sénèque, qui, pour
conter une historiette, avait sous la main des esclaves
qui lui soufflaient les mots, et qui n'aurait pas refusé
de combattre au pugilat, bien qu'il eût à peine un
souffle de vie, sous le prétexte qu'il avait chez lui une
foule d'esclaves extrêmement robustes.

Quant à ceux qui cultivent les arts, il est inutile
d'en parler. L'amour de soi est tellement inné en eux
qu'on les verrait plutôt renoncer à leur patrimoine
qu'à leur talent ; surtout les comédiens, les chanteurs,
les orateurs et les poëtes ; moins ils ont de talent, plus
ils sont contents d'eux-mêmes, plus ils se pavanent et
se rengorgent. Et ils trouvent chaussure à leur pied,
car plus une chose est inepte, plus elle rencontre d'admirateurs ; ce qui est mauvais plaît toujours, par la
raison que la majeure partie des hommes, comme je

1. Juvénal, III, v. 90-91.
2. Chanteur célèbre dont Horace fait souvent mention.

l'ai dit, obéissent à la Folie. Donc, si les plus inhabiles sont les plus satisfaits d'eux-mêmes et les plus admirés, quelle sottise de préférer le vrai savoir, qui d'abord coûte tant, qui ensuite rend ennuyeux et timide, et qui enfin rencontre si peu d'appréciateurs !

Je remarque que la nature, qui fait naître chaque individu avec l'amour de soi, en a inoculé à chaque nation et pour ainsi dire à chaque ville une dose commune. Ainsi les Anglais revendiquent particulièrement la palme de la beauté, de la musique et de la bonne chère ; les Écossais sont fiers de leur noblesse, de leur parenté royale et de leur subtilité dans la dialectique ; les Français s'attribuent l'urbanité ; les Parisiens s'arrogent presque exclusivement là gloire de la science théologique ; les Italiens se réservent les belles-lettres et l'éloquence ; à ce titre, ils se flattent tous d'être le seul peuple qui ne soit pas barbare. Dans ce genre de félicité les Romains occupent le premier rang ; ils rêvent encore délicieusement à leur ancienne Rome. Les Vénitiens sont entichés de leur noblesse. Les Grecs se considèrent comme les pères des arts, et se glorifient des titres de gloire des héros fameux de l'antiquité. Les Turcs, ce vil ramas de barbares, se piquent de posséder la meilleure religion, et se moquent des chrétiens, qu'ils traitent de superstitieux. Ce qui est plus amusant, c'est que les Juifs aujourd'hui encore atten-

dent fidèlement leur Messie, et qu'à l'heure qu'il est
ils se cramponnent à leur Moïse. Les Espagnols se

décernent la gloire militaire ; les Allemands s'enorgueillissent de leur haute taille et de leur savoir dans
la magie.

Sans aller plus loin, vous voyez, j'imagine, combien
de bonheur Philautie procure à tous les hommes indi-

12

viduellement et en masse. La Flatterie, sa sœur, lui
ressemble presque ; car l'amour de soi consiste à se
caresser soi-même, et la *flatterie* à caresser les autres.
Cependant aujourd'hui la flatterie est décriée, mais par
des gens qui s'attachent plus aux mots qu'aux choses.
Ils prétendent que la bonne foi est incompatible avec
la flatterie. L'exemple même des animaux leur aurait
démontré tout le contraire. Qu'y a-t-il de plus flatteur
que le chien, et en même temps de plus fidèle ? Quoi
de plus caressant que l'écureuil, et de plus ami de
l'homme ? A moins d'admettre que le lion cruel, le
tigre féroce et le léopard furieux sont plus utiles à la
vie des hommes. J'avoue qu'il y a une flatterie extrêmement dangereuse, dont certains esprits perfides et
moqueurs s'arment pour perdre les malheureux. Mais
celle qui m'est propre émane d'un cœur bon et candide ; elle est beaucoup plus voisine de la vertu que
cette rudesse qui lui est opposée et que *cette humeur
sauvage et chagrine* dont parle Horace[1]. Elle relève les
âmes abattues, console la tristesse, stimule la langueur,
réveille l'engourdissement, soulage la maladie, désarme
la colère, fait naître et entretient l'amitié, inspire à l'enfance le goût de l'étude, déride la vieillesse, donne des
conseils et des leçons aux princes, sans les offenser, sous

1. *Épîtres*, 1, 18, v. 6.

le masque de la louange. En somme, elle rend l'homme plus agréable et plus cher à lui-même, ce qui est le point principal du bonheur. Est-il rien de plus complaisant que deux mulets qui se grattent mutuellement ?

J'ajoute que la flatterie joue un rôle dans l'éloquence tant vantée, un plus grand dans la médecine, un plus grand encore dans la poésie ; enfin qu'elle constitue le charme et l'agrément des relations sociales.

« C'est un malheur, dit-on, d'être trompé. » Non, c'est un bien plus grand malheur de ne pas l'être. C'est une erreur grossière de croire que le bonheur de l'homme réside dans les choses mêmes ; il dépend de l'opinion. Les choses humaines sont si variées qu'il est impossible de rien savoir d'une manière certaine, comme l'ont fort bien dit mes Académiciens, les moins orgueilleux des philosophes. Et si l'on parvient à savoir quelque chose, c'est souvent aux dépens du bonheur de la vie. L'esprit de l'homme est ainsi fait que le mensonge a cent fois plus de prise sur lui que la vérité. Si vous en voulez une preuve convaincante, entrez dans un temple au moment du sermon. S'agit-il de choses sérieuses, on dort, on bâille, on s'ennuie ; mais que le crieur (je me trompe, je voulais dire le prêcheur), comme cela arrive souvent, entame un conte de vieille femme, tout le monde est éveillé, attentif, bouche béante. De même, si par hasard il existe un saint un peu fabuleux et poétique, comme par exemple saint Georges, saint Christophe ou sainte Barbe, vous les verrez recueillir plus d'hommages que saint Pierre, saint Paul ou même le Christ. Mais ces choses-là ne nous regardent pas.

La possession de ce bonheur ne coûte absolument rien, tandis que les moindres connaissances, comme la grammaire, s'acquièrent souvent au prix de mille efforts. L'opinion se forme très-aisément, et, malgré cela, elle contribue tout aussi bien et mieux encore au bonheur. Par exemple, celui-ci mange de la marée pourrie dont un autre ne pourrait supporter l'odeur, et y trouve un goût d'ambroisie ; je vous le demande, cela l'empêche-t-il d'être heureux ? Celui-là, au contraire, à qui un esturgeon donne des nausées, s'en régalerait-il ? Cette femme est laide à faire peur ; cependant son mari croit posséder en elle la rivale de Vénus ; n'est-ce pas la même chose qui si elle était parfaitement belle ? Cet homme a un méchant tableau, barbouillé de rouge et de jaune, qu'il contemple avec admiration, convaincu que c'est une peinture d'Apelles

ou de Zeuxis ; n'est-il pas plus heureux que celui qui paye fort cher les œuvres de ces artistes et qui peut-être les regarde avec moins de plaisir ? Je connais quelqu'un de mon nom[1] qui fit cadeau à sa jeune épouse de pierreries fausses, et, comme il savait très-bien en conter, il lui persuada qu'elles étaient non-seulement fines, mais d'un prix inestimable. Je le demande, qu'est-ce que cela faisait à cette jeune femme, qui n'en repaissait pas moins agréablement ses yeux et son esprit de la vue de ce verre, et qui serrait soigneusement ces riens comme un rare trésor ? De son côté, le mari évitait la

---

1. Il est probable qu'Érasme a voulu désigner ici Thomas Morus, dont le nom se rapproche de celui de la Folie en grec.

12.

dépense et profitait de l'erreur de sa femme, qui lui était aussi reconnaissante que si elle eût reçu le plus riche présent.

Quelle différence faites-vous entre ceux qui, dans l'antre de Platon, n'aperçoivent que l'ombre et l'image des objets, sans rien désirer, sans être moins satisfaits d'eux-mêmes, et ce sage qui, sorti de l'antre, voit les choses sous leur véritable aspect? Si le Mycille[1] de Lucien avait pu rêver éternellement qu'il était riche, il n'aurait pas eu d'autre bonheur à envier. Il n'y a donc pas de différence, ou, s'il en existe, elle est en faveur de la condition des fous. D'abord leur félicité s'obtient à peu de frais puisqu'elle ne repose que sur la persuasion. Ensuite elle leur est commune avec plusieurs. Or une jouissance qui n'est point partagée ne saurait être agréable. Qui ne sait combien est petit le nombre des sages, si toutefois il en existe? La Grèce, depuis tant de siècles, n'en compte que sept, et encore, en les examinant bien, je gage qu'on ne trouve pas en eux la moitié, ni même le tiers d'un homme sage.

Parmi les nombreux avantages de Bacchus figure en première ligne l'art de dissiper les chagrins, mais seulement pour un temps très-court, car, sitôt que l'on a cuvé son vin, les soucis reviennent, comme l'on dit, au

---

1. Personnage du dialogue intitulé *le Coq*.

galop. Mes bienfaits à moi sont beaucoup plus com-
plets et plus efficaces. Je plonge l'âme dans une ivresse
éternelle, dans les plaisirs, dans les délices, dans les
ravissements, et cela sans qu'il en coûte. Je n'excepte
personne dans la distribution de mes faveurs, tandis que
les autres divinités, dans le partage des leurs, sont ex-
clusives. Tout pays ne produit pas *ce vin généreux et
doux qui chasse les soucis et coule avec l'espérance fé-
conde*[1]. Rares sont ceux qui ont la beauté, présent de
Vénus; plus rares ceux qui possèdent l'éloquence, don
de Mercure. Les richesses que dispense Hercule n'é-
choient pas à beaucoup de gens. Le Jupiter d'Homère
n'accorde pas le sceptre au premier venu. Mars laisse
souvent les combats indécis. Un grand nombre quittent
avec tristesse le trépied d'Apollon. Le fils de Saturne
lance plus d'une fois sa foudre. Phébus, avec ses traits,
sème quelquefois la peste. Neptune noie plus de gens
qu'il n'en sauve. Je ne parle pas des Véjoves, des
Plutons, des Discordes, des Châtiments, des Fièvres
et autres engeances qui ressemblent plus à des bour-
reaux qu'à des dieux. Moi, la Folie, je suis la seule qui
répande mes bienfaits si précieux sur tous indistinctement. Je ne tiens pas aux vœux; je ne me mets point
en colère et je n'exige pas d'expiations si dans le céré-

---

1. Horace, *Épîtres*, I. 15, v. 18-19.

monial des rites on omet une formalité. Je ne remue
point ciel et terre si quelqu'un, invitant les autres divinités, me laisse chez moi et ne me convie pas à sentir
l'odeur des victimes. Les autres dieux sont si chatouil-
leux sur ce point qu'il est presque préférable et beaucoup plus sûr de les négliger que de les honorer. Ils
ressemblent à certaines gens d'une humeur si difficile
et si acariâtre qu'il vaut mieux les avoir pour ennemis
que pour amis.

« Mais, direz-vous, on n'offre pas de sacrifices à la
Folie, on ne lui élève pas de temples. » En vérité, une
pareille ingratitude, je vous l'ai dit, m'étonne singu-
lièrement. Mais, bonne comme je suis, je ne m'en offense point; d'ailleurs je ne puis pas même envier de

pareils hommages. Pourquoi réclamerais-je un grain
d'encens, une pincée de farine, un bouc, une truie,
lorsqu'en tous lieux tous les mortels me rendent le culte
que les théologiens eux-mêmes reconnaissent le meilleur? Dois-je, par hasard, envier à Diane ses autels ar-
rosés de sang humain? Pour moi, je me trouve très-
religieusement honorée en voyant tout le monde me
porter dans son cœur, m'imiter dans sa conduite, me
ressembler dans sa vie. Ce genre de culte ne se rencontre
pas souvent chez les chrétiens. Combien n'en voit-on
pas offrir à la Vierge mère de Dieu un petit cierge, en

plein midi, dont elle n'a que faire.? Combien peu au contraire s'efforcent de l'imiter par leur chasteté, par leur
modestie, par leur amour des choses du ciel ! Voilà pourtant le vrai culte, le seul qui soit agréable aux habitants
des cieux. D'ailleurs, pourquoi désirerais-je un temple?
L'univers entier n'est-il pas pour moi le plus beau des
temples? J'ai des dévots partout où il y a des hommes.
Je ne suis pas non plus assez folle pour vouloir ces
tableaux et ces statues qui nuisent parfois à notre culte,
quand des gens stupides et grossiers adorent l'image
à la place du dieu. Nous ressemblons alors à ces maîtres qui sont supplantés par leurs représentants. Je
m'imagine qu'on m'a dressé autant de statues qu'il y a
de mortels, car ils portent sur leurs traits mon image
vivante, quand même ils ne le voudraient pas. Je n'ai
donc rien à envier aux autres dieux parce qu'ils sont
honorés en certains coins du monde et à des jours
déterminés, comme Phébus à Rhodes, Vénus à Cypre,
Junon à Argos, Minerve à Athènes, Jupiter sur l'O-
lympe, Neptune à Tarente, Priape à Lampsaque. Car
tout l'univers en général m'offre continuellement des
victimes d'un plus grand prix.

Si mon langage vous semble plus présomptueux que
vrai, examinons un peu la conduite des hommes, afin
de voir clairement combien ils me sont redevables, et
le grand cas que tous, petits et grands, font de moi.

Nous ne passerons pas en revue chacune des conditions sociales, ce serait beaucoup trop long; nous
nous attacherons seulement aux plus importantes, ce
qui nous permettra de juger du reste. A quoi bon,
en effet, parler du vulgaire, qui, sans contredit, m'appartient tout entier? Il fourmille de tant d'espèces de
folies, il en invente tous les jours tant de nouvelles,
que ce ne serait pas trop de mille Démocrites pour en
rire; encore faudrait-il à tous ces Démocrites en ajouter
un de plus.

On ne saurait croire quels rires, quelle gaieté, quels
divertissements les pauvres humains procurent journellement aux Immortels. Ceux-ci consacrent les
heures sobres de la matinée à vider des querelles et à
écouter des vœux. Puis, quand ils sont ivres de nectar
et hors d'état de s'occuper de choses sérieuses, ils
vont s'asseoir dans la partie la plus haute du ciel, d'où
ils se penchent pour regarder ce que font les humains.
Il n'y a pas de spectacle plus amusant. Grand dieu!
quel théâtre que celui-là! quelle immense variété de
fous! Il m'arrive quelquefois de prendre place sur les
gradins des dieux poétiques. L'un se meurt d'amour
pour une femme; et moins il en est aimé plus sa passion
redouble; l'autre épouse une dot et non une femme.
Celui-ci prostitue son épouse; celui-là, jaloux, sur-
veille la sienne comme Argus. Ciel! que de folies dit

et commet cet héritier en deuil qui va jusqu'à louer
des espèces d'histrions pour jouer la comédie de ses
larmes! Cet autre pleure sur la tombe de sa belle-
mère[1]. Celui-ci donne à son ventre tout ce qu'il peut
gagner au risque de mourir un jour de faim; celui-là
met tout son bonheur à dormir et à ne rien faire. Il en

est qui sont toujours en mouvement pour vaquer aux
affaires d'autrui et qui négligent les leurs. D'autres, en
empruntant pour payer leurs dettes, se croient riches, et
marchent à la banqueroute. Cet autre ne trouve rien de
plus beau que de vivre pauvrement pour enrichir son
héritier. Celui-ci, pour un bénéfice mince et incertain,

1. Proverbe grec qui désigne ceux qui affectent un profond chagrin
lorsque intérieurement ils se réjouissent.

court à travers les mers, exposant à la merci des ondes et des vents sa vie, que nul or ne peut racheter. Celui-là aime mieux chercher la fortune à la guerre que de jouir d'un repos tranquille dans ses foyers. Quelques-uns pensent qu'en faisant la cour aux vieillards sans enfants, ils arriveront vite à la fortune ; d'autres, dans le même but, se font les amants des vieilles femmes riches. Mais comme ces gens-là font rire les dieux qui les regardent, quand ils finissent par être dupes de ceux qu'ils voulaient duper !

Les plus fous et les plus méprisables de tous sont les marchands, qui exercent la profession la plus vile par les moyens les moins estimables. Ils ont beau mentir, se parjurer, voler, frauder, tromper ; ils se croient de hauts personnages parce qu'ils ont des anneaux d'or à tous les doigts. Il ne manque pas de moinillons flatteurs qui les admirent, qui les qualifient publiquement de *vénérables*, sans doute en vue d'obtenir quelque part de leurs honteux profits. Vous voyez ailleurs des disciples de Pythagore tellement convaincus que tout est commun que, s'ils trouvent un objet qui ne soit pas gardé, ils se l'adjugent sans façon comme un héritage. Il y en a qui ne sont riches que d'espérances, qui se forgent des rêves dorés, et à qui ce bonheur suffit. Plusieurs, fiers de passer pour riches au dehors, meurent de faim chez eux. L'un se hâte de dissiper tout ce qu'il a ; l'autre amasse par n'importe quels moyens. Celui-ci, pour arriver aux honneurs, recherche la popularité ; celui-là se plaît au coin de son feu. Un bon nombre entament des procès qui n'en finiront pas, et luttent à l'envi pour enrichir un juge temporiseur et un avocat prévaricateur. Celui-ci aime le changement ; celui-là nourrit dans sa tête un grand projet. Cet autre, pour voir Jérusalem, Rome ou Saint-Jacques, où il n'a que faire, campe là maison, femme et enfants.

En somme, si, comme autrefois Ménippe [1], vous

---

1. Personnage du dialogue de Lucien intitulé *Icaroménippe.*

pouviez contempler du haut de la lune les agitations
sans nombre des mortels, vous croiriez voir un essaim
de mouches ou de moucherons qui se querellent, se
combattent, se tendent des embûches, se pillent,
jouent, folâtrent, naissent, tombent et meurent. On
ne saurait croire quels troubles, quelles catastrophes
soulève un si petit animalcule, dont la vie est si courte.
La moindre bourrasque de peste ou de guerre en enlève
et en détruit plusieurs milliers à la fois.

Mais je serais moi-même archi-folle, et je mériterais
bien toutes les risées de Démocrite, si je continuais à
énumérer les formes des folies et des insanités popu-
laires. Je passe à ceux qui, parmi les mortels, affectent
les dehors de la sagesse, et qui aspirent, comme ils le
disent, au rameau d'or.

En première ligne figurent les grammairiens. Cette
classe d'hommes serait assurément la plus malheureuse,
la plus affligée, la plus disgraciée des dieux, si je
n'adoucissais les désagréments de leur misérable profession par un doux genre de folie. Ils ne sont pas
frappés seulement de *cinq malédictions*, c'est-à-dire de
cinq présages sinistres, comme le déclare l'épigramme
grecque, mais de mille. Toujours affamés et malpro-
pres dans leurs écoles; que dis-je, des écoles? ce sont
plutôt des *laboratoires*, ou mieux encore des galères
et des lieux de supplice; au milieu d'un tas d'enfants,

ils meurent de fatigue, sont assourdis par le vacarme,
asphyxiés par la puanteur et l'infection, et cependant,
grâce à moi, ils se croient les premiers des hommes.
Sont-ils contents d'eux-mêmes quand, d'une voix et
d'un air menaçants, ils épouvantent leurs marmots
tremblants, qu'ils déchirent ces malheureux à coups
de férule, de verges et de fouet, et qu'ils se livrent à

mille accès de fureur, à l'exemple de l'âne de Cumes !
Avec cela, leur malpropreté est pour eux le comble de
l'élégance, leur infection exhale l'odeur de la marjolaine ; leur affreux esclavage leur paraît un trône, si

bien qu'ils ne voudraient pas troquer leur tyrannie contre la couronne de Phalaris[1] ou de Denys[2].

Mais la haute opinion qu'ils ont de leur savoir les rend encore bien plus heureux. Quoiqu'ils farcissent la tête des enfants de pures extravagances, avec quel dédain, bons dieux! ils traitent les Palémon[3] et les Donat[4] au prix d'eux! Ils ensorcellent je ne sais comment les mères sottes et les pères idiots, qui les prennent pour ce qu'ils se donnent. Ils sont encore enchantés si par hasard ils découvrent dans de vieux parchemins le nom de la mère d'Anchise ou un mot généralement inconnu, comme *Bubsequa, Bovinator, Manticulator*[5]; ou s'ils déterrent quelque part un fragment de pierre antique marqué de lettres tronquées. Ciel! quels transports de joie! quel triomphe! quels éloges! On dirait qu'ils ont conquis l'Afrique ou pris Babylone. Lisent-ils leurs vers, les plus plats et les plus absurdes du monde, ils trouvent des gens qui les admirent, et ils sont convaincus que l'âme de Virgile a passé dans leur cerveau. Mais rien n'est plus plaisant que de les

1. Voir la note 2, page 53.
2. Tyran de Syracuse, qui, chassé de sa patrie en raison de ses cruautés, fut obligé, pour gagner sa vie, de se faire maître d'école à Corinthe.
3. Grammairien latin du temps de Tibère et de Claude, dont il ne nous reste que des fragments.
4. Célèbre grammairien et rhéteur romain du IVe siècle, dont la grammaire latine a servi de base à tous les traités publiés depuis sur le même sujet.
5. Bouvier, inconstant, coupeur de bourses.

voir entre eux faire assaut de compliments et d'éloges,
et se gratter réciproquement. S'il arrive à l'un d'eux
de se tromper d'une syllabe et qu'un autre plus clairvoyant s'en aperçoive, *Grand Hercule!* aussitôt que de
bruit, que de batailles, que d'injures, que d'invectives!
J'appelle sur ma tête le courroux de tous les grammairiens si je mens d'un seul mot. Je connais un homme
versé dans beaucoup de sciences : grec, latin, mathéma-
tiques, philosophie, médecine, *et cela à fond;* il est
presque sexagénaire, et voilà plus de vingt ans qu'il a
tout laissé pour se casser la tête dans l'étude de la
grammaire. Tout son bonheur serait de pouvoir vivre
assez longtemps pour établir au juste la distinction des
huit parties du discours, chose que jusqu'à présent
personne, ni chez les Grecs ni chez les Latins, n'a
su faire parfaitement. Comme si c'était un cas de
guerre que de prendre une conjonction pour un
adverbe! Dans ce dessein, comme il y a autant de
grammaires que de grammairiens (et même davantage,
car mon ami Alde en a donné à lui seul plus de cinq),
il n'en est aucune, si barbare et si ennuyeuse qu'elle
soit, que notre homme ne lise et ne relise. Il est jaloux
des moindres sottises que l'on débite sur ce sujet, tellement il appréhende qu'on ne lui ravisse sa gloire et
que tant d'années de travail ne soient perdues. Appelez
cela insanité ou folie, comme vous voudrez, cela m'est

égal, pourvu que vous reconnaissiez que, grâce à mes bienfaits, l'animal le plus malheureux de tous goûte un tel bonheur qu'il ne voudrait pas changer son sort contre celui des rois de Perse.

Les poëtes me sont moins redevables, quoiqu'ils relèvent évidemment de moi. Esprits indépendants,

comme dit le proverbe, leur unique application consiste à charmer les oreilles des fous par de pures fadaises et par des fables ridicules. Et c'est avec de tels moyens qu'ils osent se promettre à eux et aux autres l'immortalité et une vie semblable à celle des dieux. Cet ordre, qui par-dessus tout est esclave de *Philautie* et de la *Flatterie*, me rend le culte le plus sincère et le plus constant.

Les rhéteurs, bien qu'à la vérité ils prévariquent quelquefois pour s'entendre avec les philosophes, m'appartiennent également. La meilleure preuve, entre autres bagatelles de leur part, c'est le soin particulier avec lequel ils ont écrit une foule de préceptes sur l'art de plaisanter. L'auteur de la Rhétorique dédiée à Hérennius, quel qu'il soit, ne compte-t-il pas la folie parmi les moyens de plaire? et Quintilien, le prince des rhéteurs, n'a-t-il pas composé sur le rire un chapitre plus long que l'*Iliade?* Enfin, ils font tant de cas de la folie que, souvent, ce qu'aucun argument ne pourrait réfuter, ils l'éludent par un éclat de rire. Douterait-on que la Folie ait le privilége d'exciter le rire par des plaisanteries débitées avec art?

Ils sont de la même farine ceux qui, en faisant des livres, se flattent d'immortaliser leur nom. Ils me doivent tous beaucoup, mais principalement ceux qui barbouillent le papier de leurs balivernes. Quant à ceux qui écrivent savamment pour plaire à quelques gens instruits, et qui ne récusent pour juges ni Persius ni Lélius[1], je les trouve bien plus à plaindre qu'à envier, car leur vie est une torture continuelle. Ils ajoutent, changent, retranchent, quittent, reprennent, reforgent,

---

1. Allusion à une boutade du poëte Lucilius, qui récusait pour ses critiques Persius et Lélius comme trop savants, disant plaisamment qu'il n'écrivait que pour les Tarentins, les Consentins et les Siciliens.

communiquent, *gardent neuf ans,* ne sont jamais satisfaits d'eux-mêmes, et payent bien cher une récompense
futile, la gloire, qui est le lot d'un très-petit nombre,
par tant de veilles, au prix du sommeil, ce baume de
la vie, par tant de sueurs et de tourments. Ajoutez
encore la perte de la santé, les rides du visage, l'affai-
blissement de la vue ou même la cécité, la pauvreté,
l'envie, les privations, une vieillesse précoce, une mort
prématurée, et mille autres souffrances; voilà par quels
sacrifices ce sage croit devoir acheter l'approbation de
deux ou trois chassieux.

Quelle plus douce folie, au contraire, que celle de
mon écrivain, qui sans nul effort jette immédiatement
par écrit tout ce qui lui passe par la tête, tout ce qui
vient au bout de sa plume, toutes ses rêveries, sans
qu'il lui en coûte autre chose qu'un peu de papier? Il
sait très-bien que plus il écrira de balivernes, plus il
sera goûté de la multitude, c'est-à-dire des fous et des
ignorants. Que lui importe que ces trois savants, s'ils
viennent à lire ses productions, les méprisent! De quel
poids sera l'avis d'un si petit nombre de sages en présence de tant de milliers d'opposants?

Ceux-là sont encore plus avisés qui publient sous
leur nom les ouvrages d'autrui. Ils s'attribuent faussement la gloire acquise par un autre à force de travail,
dans l'espoir sans doute que, fussent-ils accusés de

plagiat, ils en jouiront du moins pendant quelque temps. Il faut voir comme ils se rengorgent lorsqu'on les loue en public, qu'on les montre du doigt dans la foule : *Le voilà, le fameux un tel !* qu'ils sont étalés chez les libraires, et qu'au frontispice de leurs volumes on lit trois mots, le plus souvent étrangers et semblables à des caractères magiques. Dieux immortels ! que signifient ces noms ? Combien peu de gens, dans ce vaste univers, sauront les déchiffrer ! Combien moins encore les approuveront ! car les ignorants ont aussi chacun leur goût. En effet, ces noms sont le plus souvent forgés ou empruntés aux livres des anciens. L'un aime à se nommer Télémaque ; l'autre, Stélénus ou Laërte ; celui-ci, Polycrate ; celui-là, Thrasymaque. Ils feraient tout aussi bien d'intituler leur livre : *le Caméléon* ou *la Citrouille*, ou, pour imiter le langage des philosophes, *Alpha* ou *Bêta*. Mais le plus joli, c'est de voir ces fous et ces ignorants se louer entre eux tour à tour par des épîtres, des vers et des panégyriques. « Vous êtes un Alcée », dit le premier. « Vous êtes un Callimaque », répond le second. « Vous êtes un Cicéron », s'écrie l'un. « Vous êtes plus savant que Platon », réplique l'autre. Quelquefois même ils cherchent un antagoniste, afin d'accroître leur réputation en rivalisant avec lui. Alors

Le public incertain se divise en deux camps,

jusqu'à ce que les deux généraux, ayant bien combattu,
se retirent victorieux et remportent tous deux les honneurs du triomphe. Les sages s'en moquent en disant
avec raison que c'est le comble de la folie. Personne
ne soutient le contraire. Mais, en attendant, grâce à
moi, ces gens vivent parfaitement heureux, et ne
donneraient pas leurs triomphes pour ceux des Scipions.
D'ailleurs, ces savants eux-mêmes, qui rient de tout
cela à cœur joie et qui se divertissent de l'insanité
d'autrui, m'ont de grandes obligations et ne pour-
raient le nier sans la plus noire ingratitude.

Parmi les savants, les jurisconsultes s'arrogent le
premier rang, et sont ceux qui s'en croient le plus.

Roulant sans cesse le rocher de Sisyphe, ils appliquent
à la même affaire des centaines de lois qui n'ont aucun
rapport au sujet, entassent gloses sur gloses, opinions
sur opinions, et font passer leur science pour la plus
difficile de toutes. Ils s'imaginent que plus l'on se
donne de peine, plus l'on a de mérite.

Mettons à côté d'eux les dialecticiens et les sophistes,
espèces d'hommes plus bruyants que l'airain de Dodone,
et dont n'importe lequel pourrait lutter en bavardage
avec vingt commères choisies. Passe encore d'être
bavards, s'ils n'étaient querelleurs ; mais ils s'escriment
avec acharnement sur des riens, et souvent, *à force de
discussions, ils sortent de la vérité.* Néanmoins leur
amour-propre les rend heureux. Armés de trois syllogismes, ils entrent en lutte hardiment avec n'importe
qui, sur n'importe quoi. Leur entêtement les rend
invincibles, lors même qu'ils auraient affaire à Stentor.

Après eux viennent les philosophes, vénérables par
leur barbe et par leur manteau, qui se disent les seuls
sages, et comparent le reste des mortels à *des ombres
qui voltigent.* Quel suave délire quand ils bâtissent des
mondes innombrables, qu'ils mesurent comme avec le
pouce ou avec un fil le soleil, la lune, les étoiles, les
sphères ; qu'ils expliquent les causes du tonnerre, des
vents, des éclipses et autres phénomènes inexplicables,
sans la moindre hésitation ! Ne dirait-on pas qu'ils sont

les secrétaires de l'architecte du monde, et qu'ils nous arrivent du conseil des dieux ? En attendant, la nature se moque joliment d'eux et de leurs conjectures. En effet, ils ne savent rien de certain ; les disputes interminables qu'ils soulèvent entre eux sur chaque point en sont une preuve évidente. Ils ne savent absolument rien, et ils prétendent tout savoir. Ils s'ignorent eux-mêmes ; ils ne voient souvent pas le fossé ou la pierre qui est devant eux, soit qu'ils aient la berlue, soit qu'ils battent la campagne. Mais les idées, les universaux[1], les

---

Porphyre, dans son *Introduction à la Logique d'Aristote*, a établi cinq universaux, qui sont : le genre, l'espèce, la différence, le propre et l'accident.

14

formes séparées, les matières premières, les quiddités[1],
les eccéités[2], les instants, toutes choses si impercep-
tibles qu'à mon avis Lyncée lui-même ne les distin-
guerait pas, ils ont la prétention de les voir. Comme
ils font fi du profane vulgaire quand, à l'aide de trian-
gles, de carrés, de cercles et autres figures géomé-
triques enchevêtrées les unes dans les autres en forme
de labyrinthe, accompagnées d'un bataillon de lettres
auxquelles ils font faire des évolutions, ils jettent de
la poudre aux yeux des ignorants! Il y en a dans le

---

1. Ce qu'une chose est en soi.
2. Ce qui indique la qualité d'être présent, comme si cette qualité
pouvait exister sans l'objet.

nombre qui prédisent l'avenir en consultant les astres, qui promettent des miracles plus que magiques, et il se trouve des gens assez heureux pour y ajouter foi.

Peut-être vaudrait-il mieux passer sous silence les théologiens, *ne pas remuer ce bourbier,* et ne pas toucher

ce bois puant. Orgueilleux et irascibles au plus haut degré, ils seraient capables de m'attaquer en corps par mille conclusions, de me forcer à me rétracter, et, sur mon refus, de me déclarer immédiatement hérétique. C'est la foudre dont ils se servent pour faire peur à tous ceux qui ne leur plaisent pas. Je n'ai point de protégés qui me témoignent plus d'ingratitude, et pourtant ils me sont redevables à bien des titres. Heureux par l'amour de soi, comme s'ils habitaient le troisième ciel, ils regardent d'en haut tout le reste des humains comme des animaux qui rampent sur la terre, et en ont presque pitié. Ils sont entourés d'un si nombreux cortége de définitions magistrales, de conclusions, de corollaires, de propositions explicites et implicites; ils ont sous la main tant de faux-fuyants, que, les enfermât-on dans les filets de Vulcain, ils s'en

échapperaient par des distinctions qui tranchent tous
les nœuds aussi aisément que la hache de Ténédos. Ils
fourmillent de mots nouvellement forgés et de termes
baroques. En outre, ils expliquent les mystères à leur
façon : comment le monde a été créé et disposé ; par
qui la tache du péché originel s'est répandue sur la
postérité ; de quelle manière, dans quelle mesure et en
combien de temps le Christ a été formé dans le sein de
la Vierge ; comment dans l'eucharistie les accidents
subsistent sans la matière.

Mais ces questions-là sont rebattues. En voici d'autres réservées aux grands théologiens, aux illuminés,
comme on les appelle, et qui, lorsqu'elles se présen-
tent, réveillent leur imagination : « Y a-t-il eu un
instant dans la génération divine ? Y a-t-il plusieurs
filiations dans le Christ ? Cette proposition : *Dieu le
père hait son fils*, est-elle possible ? Dieu aurait-il pu
prendre la forme d'une femme, d'un diable, d'un âne,
d'une citrouille ou d'un caillou ? Alors comment une
citrouille aurait-elle pu prêcher, faire des miracles, être
crucifiée ? Qu'est-ce que saint Pierre aurait consacré,
s'il avait opéré la consécration pendant que le Christ
était sur la croix ? Pourrait-on dire que dans ce moment
le Christ était homme ? Après la résurrection, sera-t-il
permis de boire et de manger ? » Comme s'ils avaient
déjà peur de mourir de soif et de faim !

14.

Il y a encore une foule de *subtilités niaises,* cent fois plus subtiles que celles-là, sur les notions, les relations, les instants, les formalités, les quiddités, les eccéités, toutes choses que personne ne saurait atteindre du regard, à moins qu'un nouveau Lyncée n'eût le don de voir dans les plus épaisses ténèbres ce qui n'existe nulle part. Ajoutez à cela leurs *maximes si étranges* qu'auprès d'elles les sentences des stoïciens, qu'on traite de paradoxes, sont communes et banales. Par exemple : c'est un péché moins grave de massacrer un millier d'hommes que de coudre, le dimanche, le soulier d'un pauvre ; et il vaut mieux laisser périr l'univers entier, avec armes et bagages, comme l'on dit, que d'articuler un seul petit mensonge, si innocent qu'il soit. Ces subtilités si subtiles sont rendues plus subtiles encore par les systèmes sans nombre des scolastiques, en sorte que vous vous tireriez plus aisément d'un labyrinthe que des tortuosités des Réalistes, des Nominalistes[1], des Thomistes, des Albertistes, des Ockanistes, des Scotistes. Je ne nomme pas toutes les sectes, je désigne seulement les principales. Il y a dans toutes tant d'érudition, tant de difficultés, qu'à mon sens, les apôtres auraient besoin d'un autre esprit s'il leur fallait disputer

---

1. Les Nominalistes prétendaient que les idées abstraites n'étaient que des êtres de raison, et, comme on disait, des souffles de voix, par opposition aux Réalistes, qui leur attribuaient une existence réelle.

sur ces matières avec ce nouveau genre de théologiens.

Saint Paul était animé de la foi, mais lorsqu'il a dit :
*La foi est le fondement des choses que l'on doit espérer
et une pleine conviction de celles que l'on ne voit pas*[1], il
l'a définie d'une façon peu magistrale. Il pratiquait à
merveille la charité, mais il ne l'a ni divisée ni définie
en dialecticien dans le treizième paragraphe de sa première épître aux Corinthiens. Assurément, les apôtres
célébraient saintement la consécration, et pourtant, si
on les avait interrogés sur les termes *a quo* et *ad quem*,
sur la transsubstantiation, sur la manière dont le même
corps se trouve en divers endroits, sur les différences
du corps du Christ au ciel, sur la croix et dans le sacre-
ment de l'eucharistie, sur l'instant où se fait la transsubstantiation quand les paroles qui l'opèrent, étant
une quantité discrète, sortent de la bouche du prêtre,
je ne crois pas que leurs réponses eussent égalé la subtilité avec laquelle les Scotistes expliquent et définissent
tout cela. Ils connaissaient la mère de Jésus, mais lequel
d'entre eux a démontré aussi philosophiquement que
nos théologiens comment elle a été préservée de la
tache d'Adam ? Pierre reçut les clefs, et il les a reçues
d'une main incapable de les confier à un indigne ; mais

---

1. *Épître aux Hébreux*, XI, 1.

je doute qu'il ait jamais compris ce raisonnement subtil par lequel un homme qui n'a pas la science peut posséder la clef de la science. Les apôtres baptisaient de tous côtés, et pourtant ils n'ont jamais enseigné quelle est la cause formelle, matérielle, efficiente et finale du baptême; ils ne parlent nullement de son caractère délébile et indélébile. Ils adoraient Dieu en esprit, conformément à cette parole de l'Évangile : *Dieu est esprit, et il faut l'adorer en esprit et en vérité.* Mais il ne paraît pas qu'il leur ait été révélé qu'une méchante image charbonnée sur un mur méritât la même adoration que le Christ pour peu qu'elle eût deux doigts étendus, de longs cheveux et trois raies autour de l'oc-

ciput. Pour comprendre cela, il faut avoir passé au moins trente-six ans de sa vie à étudier la physique et la métaphysique d'Aristote et de Scot. Les apôtres parlent souvent de la grâce, mais ils ne signalent jamais la différence qui existe entre la grâce gratuite et la grâce gratifiante. Ils prêchent les bonnes œuvres, mais ils ne distinguent pas entre l'œuvre opérante et l'œuvre opérée. Ils recommandent sans cesse la charité, mais ils ne séparent pas l'infuse de l'acquise ; ils n'expliquent pas si elle est un accident ou une substance, une chose créée ou incréée. Ils détestent les péchés, mais que je meure s'ils avaient pu définir scientifiquement ce que nous appelons le péché, sans être nourris de l'esprit des Scotistes. On ne me fera pas croire que saint Paul, dont le savoir seul permet de juger de tous les autres, eût condamné tant de fois les questions, les discussions, les généalogies et ce qu'il nomme lui-même les *logomachies,* s'il avait été versé dans ces arguties. Et pourtant, les disputes et les querelles de son temps étaient rustiques et grossières, en comparaison des subtilités de nos docteurs, qui en remontreraient à Chrysippe[1].

Il est vrai de dire que ces hommes ont assez de modestie pour ne pas condamner et pour interpréter

---

1. Un des chefs de l'école stoïcienne, célèbre par l'abus qu'il a fait du raisonnement.

favorablement ce qu'il peut y avoir de rude ou de peu
magistral dans les écrits des apôtres. C'est un hommage qu'ils rendent sans doute en partie à l'antiquité,
en partie au caractère apostolique. Mais, en conscience, serait-il juste d'exiger des apôtres toutes ces
grandes choses dont leur Maître ne leur a jamais dit
un mot? Si les mêmes passages se rencontrent dans
saint Chrysostome, saint Basile ou saint Jérôme, ils se
contentent d'écrire en marge : *Ce n'est pas reçu.* Il est
vrai que ces Pères ont confondu par leur vie et par
leurs miracles plutôt que par des syllogismes les philosophes païens et les Juifs, fort entêtés de leur nature, mais dont aucun n'eût été à même de comprendre
une seule question quodlibétaire[1] de Scot. Aujourd'hui,
quel païen, quel hérétique ne céderait immédiatement
devant cette avalanche de subtilités insaisissables, à
moins d'être assez stupide pour ne pas les comprendre,
ou assez insolent pour les siffler, ou assez pourvu de
raisonnements captieux pour soutenir la lutte? On
verrait alors jouter magicien contre magicien; les
deux champions seraient armés chacun d'une épée en-
chantée, et n'aboutiraient qu'à recommencer la toile de
Pénélope.

A mon avis, les chrétiens feraient bien d'envoyer

---

1. Les questions quodlibétaires, c'est-à-dire choisies et posées comme
l'entend l'auteur de la thèse, étaient une source de contestations sans fin.

contre les Turcs et les Sarrasins, au lieu de ces lourds
bataillons qui depuis longtemps combattent sans succès, les Scotistes si braillards, les Ockanistes si opi-
niâtres, les Albertistes invincibles, et toute la bande
des sophistes. On verrait, j'en suis sûr, la bataille la
plus plaisante du monde et une victoire sans pareille.
Qui serait assez froid pour ne pas être enflammé par
leurs pointes ? assez mou pour ne pas obéir à leur
aiguillon ? assez clairvoyant pour qu'ils ne lui jettent
pas de la poudre aux yeux ?

Vous prenez peut-être ce que je vous dis là pour
des plaisanteries ? Cela ne m'étonne point, car parmi
les théologiens eux-mêmes les vrais savants éprouvent
du dégoût pour ces arguties des théologiens, qu'ils
traitent de frivolités. Il y en a qui regardent comme un

sacrilége exécrable, comme le comble de l'impiété, de parler avec si peu de respect de mystères qu'on doit plutôt adorer qu'expliquer, de les discuter à l'aide des arguties profanes des païens, de les définir avec tant d'arrogance et d'avilir la majesté divine de la théologie par des expressions et des pensées si triviales, ou, pour mieux dire, si indécentes. Néanmoins les autres se complaisent en eux-mêmes et s'applaudissent; occupés nuit et jour de ces charmantes bagatelles, ils n'ont pas le temps d'ouvrir une seule fois l'Évangile ou les Épîtres de saint Paul. Et parce qu'ils remplissent les écoles de ces fadaises, ils s'imaginent que l'Église entière s'écroulerait sans l'échafaudage de leurs syllogismes qui lui servent d'appui, de même qu'Atlas, au dire des poëtes, soutient le ciel sur ses épaules.

Jugez combien ils sont heureux de façonner et de refaçonner à leur guise les saintes Écritures comme une cire molle; de donner leurs conclusions, signées de quelques pédants, comme bien plus sages que les lois de Solon et préférables même aux décrets pontificaux; de s'ériger en censeurs du genre humain et de faire rétracter tout ce qui ne se conforme pas rigoureusement à leurs conclusions explicites et implicites. Ils déclarent d'un ton d'oracle que telle proposition est scandaleuse, telle autre irrévérencieuse, celle-ci hérétique, celle-là malsonnante; en sorte que ni le

baptême, ni l'Évangile, ni saint Paul, ni saint Pierre, ni saint Jérôme, ni saint Augustin, ni même saint Thomas, l'*Aristotélicien par excellence,* ne sauraient faire un chrétien sans l'aveu de nos bacheliers, tant leurs raisonnements sont subtils. Qui se douterait, par exemple, qu'il n'est pas chrétien de dire que les deux phrases suivantes : *Pot de chambre, tu pues,* et : *Le pot de chambre pue ;* ou bien : *La marmite bout,* et : *Elle bout, la marmite,* ont la même signification, si ces sages ne l'eussent démontré [1]? Qui eût affranchi l'Église

---

1. Un moine ayant avancé que ces deux propositions : *Socrate, tu cours,* et : *Socrate court,* étaient également bonnes, l'Université d'Oxford le condamna.

des ténèbres de pareilles erreurs, que personne assurément n'aurait lues s'ils ne les avaient affichées munies
de grands sceaux? Ne sont-ils pas extrêmement heureux quand ils font tout cela? Puis, quand ils décrivent
de point en point tout ce qui se passe en enfer, comme
s'ils avaient vécu plusieurs années dans cette république? Ensuite, quand ils bâtissent à leur gré de nouvelles sphères, dont une très-spacieuse et très-belle,
sans doute pour que les âmes des bienheureux puissent
se promener à leur aise, donner des banquets et même
jouer à la paume? Ces sornettes et un tas d'autres du
même genre leur farcissent et leur gonflent tellement
la tête qu'à mon avis le cerveau de Jupiter était moins
gros lorsque, pour accoucher de Pallas, il implora la
hache de Vulcain. Ne soyez donc pas surpris de voir,
dans les discussions publiques, leurs têtes si bien em-
béguinées, car autrement elles éclateraient.

Je ris souvent moi-même de voir que plus leur jar-
gon est barbare et indécent, plus ils se croient de
grands théologiens; qu'ils balbutient tellement qu'un
bègue seul peut les comprendre, et qu'ils qualifient de
profondeur tout ce que le vulgaire n'entend point. Ils
soutiennent en effet qu'il est indigne de la doctrine
sacrée d'obéir aux lois des grammairiens. Quel singu-
lier privilége des théologiens s'ils ont seuls le droit de
parler mal! Encore ont-ils cela de commun avec beau-

coup de savetiers. Enfin ils se croient presque des dieux
chaque fois qu'on les salue presque dévotement du
titre de *Notre Maître*. Ce nom, pour eux, équivaut au
Jehovah des Juifs. Aussi prétendent-ils qu'on ne doit
écrire MAGISTER NOSTER qu'en lettres majuscules. Si
quelqu'un s'avisait de dire par inversion : NOSTER
MAGISTER, il commettrait un crime de lèse-majesté
théologique.

Les plus heureux après ceux-là sont ceux qui se
nomment vulgairement religieux et moines : deux

qualifications très-fausses, car la plupart n'ont pas de
religion et on les rencontre en tous lieux[1]. Il n'y
aurait rien de plus malheureux qu'eux si je ne
leur venais en aide de mille façons. Bien que tout le
monde les exècre au point que les rencontrer par hasard passe pour un mauvais présage, ils ont la plus
haute opinion d'eux-mêmes. D'abord, ils considèrent
comme le comble de la piété de pousser l'ignorance
jusqu'à ne pas savoir lire. Ensuite, quand ils braillent
comme des ânes dans les églises en chantant leurs
psaumes, dont ils savent bien le nombre, mais non le
sens, ils croient véritablement charmer les oreilles de
la Divinité. Plusieurs d'entre eux trafiquent avanta-

---

1. Moine veut dire solitaire.

geusement de leur crasse et de leur mendicité ; ils
beuglent à toutes les portes pour demander du pain ;

il n'y a pas d'auberge, de voiture ni de bateau qu'ils
n'assiégent, au grand préjudice des autres mendiants.
C'est ainsi que ces plaisants personnages, par leur sa-
leté, leur ignorance, leur grossièreté et leur effronterie,
ont la prétention d'être les images des apôtres.

Quoi de plus amusant que de les voir tout faire
réglementairement, avec une exactitude mathématique qu'il serait impie de ne pas observer ? Le soulier
aura tant de nœuds ; la ceinture sera de telle couleur ;
la robe sera coupée de telle façon ; la ceinture sera de
telle étoffe et aura tant de largeur ; le capuchon aura
telle forme et contiendra tant de boisseaux ; la tonsure sera large de tant de doigts ; on dormira tant

15.

d'heures. Qui ne sent combien cette égalité est inégale
avec une si grande variété de tempéraments et de
caractères ? Cependant, à cause de ces bagatelles, ils
ne se contentent pas de faire fi des laïques, ils se
méprisent les uns les autres, et ces hommes, qui pro-
fessent la charité apostolique, pour une ceinture différente, pour une couleur un peu plus foncée, jettent feu
et flamme. Parmi ces rigides observateurs de la règle,
les uns portent un froc de bure et une chemise de lin ;
d'autres au contraire revêtent une chemise de bure et
un froc de lin. D'autres fuient comme un poison le
contact de l'argent, mais ils ne redoutent pas le vin ni
le contact des femmes. Enfin toute leur ambition est

d'avoir un genre de vie à part. Ils visent non à ressembler au Christ, mais à ne point se ressembler entre
eux. Les surnoms contribuent pour beaucoup à leur

bonheur. Les uns sont fiers du nom de Cordeliers, et parmi ceux-là on distingue les Récollets, les Mineurs, les Minimes, les Bullistes. Puis viennent les Bénédictins, les Bernardins, les Brigittins, les Augustins, les Guilhelmistes, les Jacobites. Comme si c'était trop peu du nom de Chrétiens !

La plupart d'entre eux attachent une telle importance à leurs cérémonies et aux traditions humaines qu'ils s'imaginent que le ciel n'est pas une trop haute récompense pour tant de mérites. Ils ne songent pas que le Christ, dédaignant tout cela, leur demandera s'ils ont été fidèles à son précepte de la charité. L'un étalera sa bedaine, farcie de toutes sortes de poissons ; l'autre videra cent boisseaux de psaumes ; un troisième

comptera des myriades de jeûnes et ajoutera qu'il a
failli crever autant de fois par un seul repas; un quatrième produira un tel amas de cérémonies que sept
gros navires ne suffiraient pas à les transporter. Celui-
ci se glorifiera de n'avoir jamais touché d'argent, pendant une soixantaine d'années, sans un double gant;
celui-là présentera un capuchon si sale et si crasseux
qu'un matelot n'en voudrait pas; cet autre rappellera
qu'il a vécu plus de onze lustres comme l'éponge, toujours rivé au même endroit. Un autre exposera qu'il
s'est enroué à force de chanter. Celui-ci dira que la
solitude l'a abruti; celui-là, qu'un silence perpétuel
lui a paralysé la langue.

Mais le Christ, interrompant ces vanteries, qui sans
cela ne tariraient pas : « D'où vient, s'écriera-t-il, cette
nouvelle espèce de Juifs? Je ne connais véritablement
que ma loi, et c'est la seule chose dont je n'entends
point parler. Jadis, sans employer le voile des paraboles, j'ai promis ouvertement l'héritage de mon Père
non aux capuchons, aux prières et aux jeûnes, mais
aux œuvres de foi et de charité. Je ne connais pas
ceux qui proclament tant leurs actes. Que ces gens qui
veulent paraître plus saints que moi occupent, si bon
leur semble, les cieux des Abraxasiens[1], ou qu'ils se

---

1. Secte fondée par Basilide d'Alexandrie, philosophe pythagoricien qui
vivait au commencement du IIe siècle. Le mot *Abraxas* n'était autre chose

fassent bâtir un nouveau ciel par ceux dont ils ont préféré les traditions à mes préceptes. » Quand ils enten-
dront ce langage et qu'ils se verront supplantés par
des matelots et des charretiers, figurez-vous de quels
yeux ils se regarderont. En attendant, ils sont heureux
en espérance, grâce à moi.

Bien qu'ils vivent en reclus, personne n'ose les
mépriser, surtout les mendiants, parce qu'ils connaissent les secrets de tout le monde au moyen de ce qu'ils
appellent la confession. Il est vrai qu'ils se font un
crime de les révéler, si ce n'est quand ils ont bu et
qu'ils veulent se divertir par de piquantes anecdotes ;
ils laissent alors deviner la chose sans indiquer les
noms. Si quelqu'un irrite ces frelons, ils s'en vengent
bien dans leurs prônes, en flétrissant leur ennemi par
des mots indirects si transparents qu'il faudrait être
stupide pour ne pas les comprendre. Ils ne cessent
d'aboyer que quand on leur a jeté dans la gueule de
la pâtée [1].

Dites-moi, est-il un comédien, un bateleur compa-
rable à ces prédicateurs burlesques, qui singent d'une
façon si plaisante les préceptes de la rhétorique ? Grand

---

que le nombre 365 représenté en lettres. La superstition aidant, on considéra
ce mot comme le symbole de l'Être suprême, et on en fit des talismans qui
coururent dans toute l'Europe.

1. Allusion au moyen qu'employa Énée pour apaiser Cerbère. (*Énéide*,
VI, 418.)

Dieu! quels gestes! quelles justes inflexions de voix!
quelle psalmodie! comme ils se démènent! comme ils
changent successivement de physionomie! comme ils
poussent d'effroyables cris! Cet art de prêcher est
comme une recette mystérieuse que le moine transmet
en héritage au moinillon. Bien qu'il ne me soit pas
donné de connaître leur procédé, j'en parlerai néanmoins par conjecture.

Ils font d'abord une invocation, à l'exemple des
poëtes. Ensuite, pour parler de la charité, ils pêchent
leur exorde dans le Nil, fleuve d'Égypte; pour expliquer le mystère de la croix, ils commencent avec à-propos par Bel, le dragon de Babylone; pour traiter du
jeûne, ils débutent par les douze signes du Zodiaque;

pour discourir sur la foi, ils préludent par de longues considérations sur la quadrature du cercle.

J'en ai moi-même entendu un éminemment extra-vagant... pardon, je voulais dire savant, qui prêchait sur le mystère de la sainte Trinité devant un auditoire fort nombreux. Voulant faire preuve d'une érudition peu commune et charmer les oreilles des théologiens, il s'y prit d'une façon tout à fait neuve, parla des lettres, des syllabes, des parties du discours, puis passa à l'accord du sujet et du verbe, de l'adjectif et du substantif. Tout le monde s'étonnait, et quelques-uns répétaient tout bas ce mot d'Horace : *Que signi-fient toutes ces fadaises?* Il finit par démontrer que les éléments de la grammaire reproduisaient si exactement le symbole de la Trinité qu'une figure de géométrie ne le représenterait pas mieux. Ce *théologien sublime* s'était donné tant de mal, pendant huit mois, pour composer ce sermon, qu'il est aujourd'hui plus aveugle qu'une taupe : la finesse de son esprit aura probable-ment absorbé toute la lumière de ses yeux. Du reste, il ne regrette pas d'avoir perdu la vue : il regarde cela comme un mince sacrifice pour une pareille gloire.

J'en ai entendu un autre, âgé de quatre-vingts ans, si profond théologien qu'on l'aurait pris pour un se-cond Scot. Celui-ci, voulant expliquer le mystère du nom de Jésus, démontra avec une sagacité admirable que tout ce que l'on pouvait dire du Saùveur était renfermé dans les lettres de son nom. En effet, comme il n'a que trois terminaisons, il est évidemment le symbole de la sainte Trinité. Ensuite, comme la première terminaison *Jesus* est en *s,* la seconde *Jesum* en *m,* la troisième *Jesu* en *u,* il y a là dedans un mystère *ineffable :* ces lettres n'indiquent-elles pas que Jésus est le zénith (*summum*), le centre (*medium*) et le nadir (*ultimum*)? Restait un mystère plus indéchiffrable encore que tout cela. Il divisa mathématiquement le nom de Jésus en deux parties égales, en supprimant l's qui occupe le milieu du mot. Il démontra ensuite que cette lettre, chez les Hébreux, s'appelle *syn ;* que *syn,* dans la langue des Scots j'imagine, veut dire *le péché,* et qu'il en résulte clairement que c'est Jésus qui efface les péchés du monde. Cet exorde étrange causa un tel ébahissement à tous les auditeurs, surtout aux théologiens, que peu s'en fallut qu'ils n'éprouvassent le même sort que Niobé. Pour ma part, je faillis faire comme ce Priape en bois de figuier qui, pour son malheur, fut témoin des sacrifices nocturnes de Canidie et de Sagane[1] . Assurément il y avait de quoi.

Le Grec Démosthène et le Latin Cicéron ont-ils imaginé un pareil *début ?* Ils tenaient pour vicieux tout

---

1. Horace, *Satires,* I, 8, v. 46.

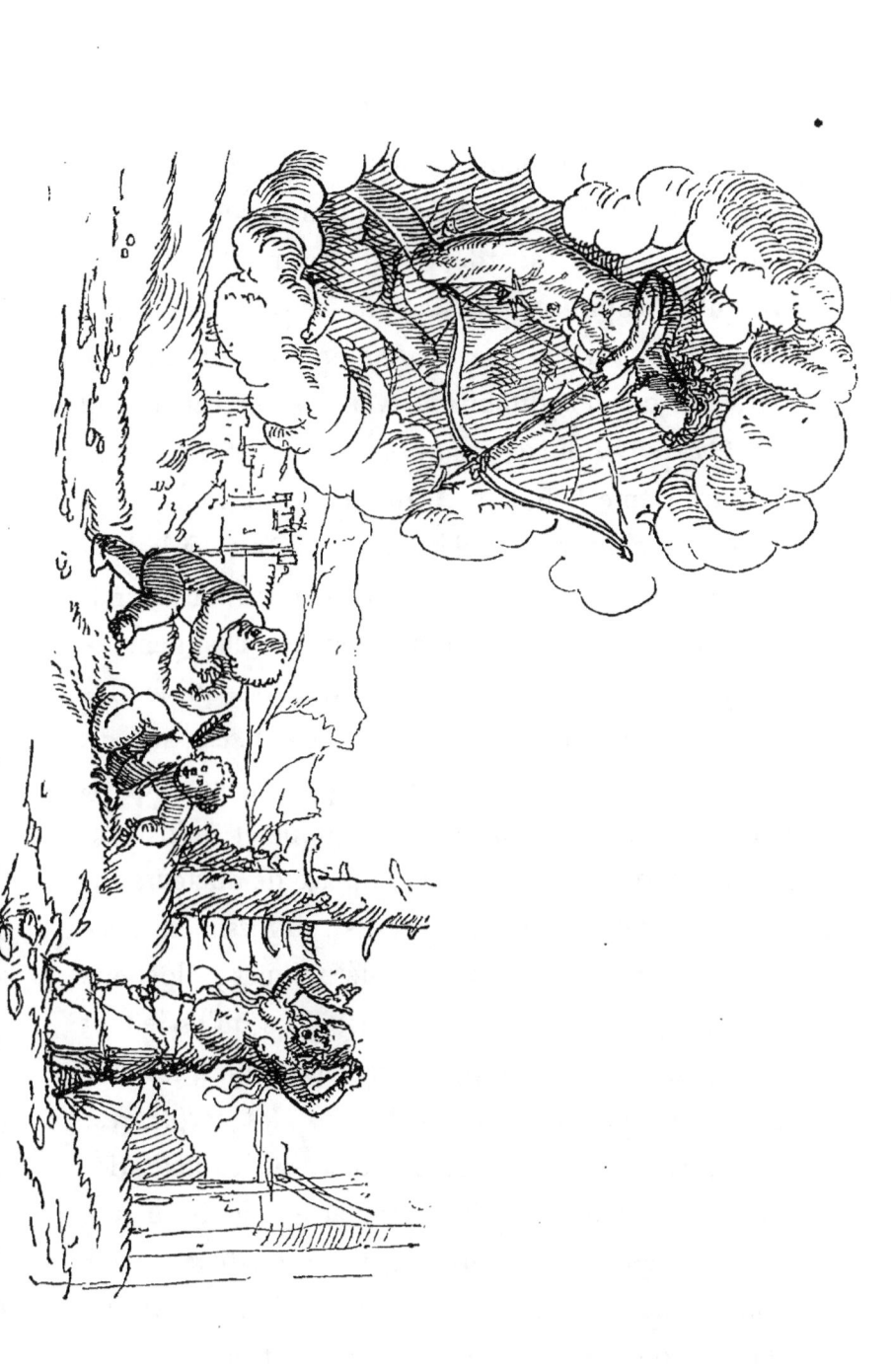

exorde étranger au sujet. C'est une règle que les por-
chers même observent, sans autre maître que la nature.
Mais ces savants regardent leur préambule (c'est le
mot qu'ils emploient) comme un chef-d'œuvre d'éloquence lorsqu'il n'a pas le moindre rapport avec le
sujet, afin que l'auditeur émerveillé se demande tout
bas : *Où court-il donc, celui-là ?*

En troisième lieu, sous forme de narration, ils expliquent quelques mots de l'Évangile, mais à la hâte
et comme en passant, quand tout leur sermon devrait
rouler là-dessus. En quatrième lieu, ils changent de
masque et agitent une question théologale, qui le plus
souvent *n'a trait ni au ciel ni à la terre.* C'est, suivant
eux, une des règles de l'art. C'est pour le coup qu'ils
déploient toute la morgue théologique et qu'ils font
ronfler aux oreilles les titres pompeux de docteurs so-
lennels, docteurs subtils, docteurs subtilissimes, docteurs séraphiques, docteurs chérubiques, docteurs
saints, docteurs irréfragables. C'est alors qu'ils jettent
à la tête du vulgaire ignorant les syllogismes, les ma-
jeures, les mineures, les conclusions, les corollaires,
les suppositions, toutes les platitudes et les niaiseries
scolastiques. Reste le cinquième acte, où il faut atteindre au comble de l'art. Là, ils se mettent à nous
raconter une fable absurde et triviale, tirée du *Miroir
historique* ou des *Gestes des Romains,* et ils en expli-

quent le sens allégorique, tropologique et analogique.
Voilà comment ils achèvent leur Chimère, dont n'approche pas celle qu'Horace a voulu dépeindre quand
il écrivait : *Humano capiti,* etc.

Ils ont ouï dire je ne sais par qui que l'exorde doit
être débité posément et sans éclat de voix ; aussi com-
mencent-ils d'un ton si bas qu'ils ne s'entendent pas
eux-mêmes : comme si c'était la peine de parler pour
n'être pas entendu ! On leur a dit que pour remuer
les cœurs il fallait quelquefois recourir aux exclama-
tions ; en conséquence, ils passent tout à coup d'un
ton simple à des cris de possédés, et cela sans le
moindre sujet. Vous seriez tenté de leur administrer
une dose d'ellébore, car de crier pour les avertir ce
serait peine perdue. Ensuite, comme ils ont appris que
l'orateur doit s'échauffer par degrés, après avoir récité

tant bien que mal le commencement de chaque partie,
ils se mettent à hurler de toute la force de leurs pou-
mons, même à l'endroit le plus glacial; puis ils finissent d'une voix mourante, comme s'ils allaient rendre
l'âme. Enfin, sachant que les rhéteurs recommandent
le rire, ils y visent et sèment des plaisanteries, *ô bonne
Vénus!* si pleines de goût et d'à-propos, qu'on dirait

absolument *l'âne devant la lyre.* Ils mordent quelquefois, mais de telle sorte qu'ils chatouillent plus qu'ils
ne blessent, et ils ne flattent jamais mieux les gens que
lorsqu'ils veulent leur *dire leurs vérités.* En somme, à
les voir déclamer, on jurerait qu'ils ont pris pour maîtres les bateleurs de la foire, qui leur sont infiniment
supérieurs. Du reste, ils se ressemblent si fort qu'on
serait embarrassé de dire si ce sont eux qui ont appris
leur rhétorique aux charlatans, ou si ce sont les charla-

tans qui leur ont appris la leur. Néanmoins, grâce à
moi, ils trouvent des gens qui s'imaginent entendre en
eux des Démosthènes et des Cicérons. De ce nombre
sont surtout les marchands et les femmes, auxquels ils
cherchent uniquement à plaire. Les uns, à la condition
d'être flattés, leur accordent quelques miettes de leurs
biens mal acquis ; les autres les aiment pour plusieurs
raisons, mais surtout parce qu'elles épanchent dans
leur sein toute leur mauvaise humeur contre leurs
maris.

Vous comprenez sans doute combien m'est redevable cette espèce d'hommes qui, par leurs momeries,
leurs niaiseries et leurs cris, exercent sur le monde une
sorte de despotisme, et se croient des Pauls et des An-
toines. Mais je suis bien aise de laisser là ces histrions,
qui montrent autant d'ingratitude en dissimulant mes
bienfaits que d'hypocrisie en simulant la piété.

J'ai depuis longtemps envie de vous dire quelques
mots des rois et des princes qui me rendent un culte
loyal et sincère, comme il convient à des hommes
libres. En vérité, s'ils avaient seulement une demi-once
de bon sens, qu'y aurait-il de plus triste et de moins
enviable que leur sort ? Nul ne voudrait acheter un
trône au prix du parjure ou du parricide, si l'on songeait à l'énorme fardeau que s'impose celui qui veut
régner véritablement.

16.

Un chef d'État doit travailler non pour lui, mais
pour ses sujets, et ne consulter que l'intérêt public ;
ne pas s'écarter de la largeur du doigt des lois dont il
est lui-même l'auteur et l'exécuteur ; répondre de l'in-
tégrité des magistrats et de tous les gens en place ;
songer qu'il est exposé à tous les regards, et qu'il peut,
comme un astre bienfaisant, faire le bonheur du genre
humain par ses vertus, ou, comme une comète sinistre,
causer les plus grands malheurs. Les vices des autres
sont moins connus et ont moins d'écho ; un prince
commet-il le plus léger écart, à l'instant même, grâce à
son rang, la contagion devient générale. En outre,
comme un prince rencontre dans sa position mille obstacles qui contribuent à l'égarer, tels que les plaisirs,
l'indépendance, la flatterie, le luxe, il doit redoubler
d'efforts et bien se tenir en garde pour ne jamais manquer à ses devoirs. Enfin, sans parler des embûches,
des haines, des dangers et des craintes de toutes sortes,
il a au-dessus de sa tête le vrai roi, qui lui demandera
bientôt compte de la moindre faute, et cela avec d'autant plus de sévérité qu'il aura gouverné un empire
plus puissant.

Si un prince faisait ces réflexions et d'autres semblables (et il les ferait s'il était sage), il ne pourrait, ce
me semble, ni dormir ni manger tranquillement. Mais,
grâce à moi, ils abandonnent aux dieux tous ces soins,

mènent vie joyeuse, et ne prêtent l'oreille qu'à ceux
qui leur tiennent des discours agréables, afin d'éviter
toute espèce de souci. Ils croient parfaitement remplir
tous les devoirs d'un prince en chassant du matin au
soir, en élevant de beaux chevaux, en vendant à leur
profit les magistratures et les préfectures, en inventant
tous les jours de nouveaux moyens de tarir la fortune
des citoyens pour la faire passer dans leur cassette. Ils
imaginent alors des prétextes adroits qui donnent aux
mesures les plus iniques un semblant d'équité, et ils
ont soin d'ajouter quelques paroles flatteuses pour ac-
quérir de la popularité.

Figurez-vous maintenant un homme, comme sont
la plupart des princes, ignorant les lois, presque ennemi du bien public, ne consultant que ses avantages
personnels, tout entier aux plaisirs, haïssant le savoir,
haïssant la liberté et la vérité, ne songeant à rien moins
qu'au bonheur de l'État, et n'ayant d'autre règle que
son caprice et son intérêt. Donnez-lui un collier d'or,
indiquant l'accord de toutes les vertus réunies ; une
couronne enrichie de diamants, lui rappelant qu'il doit
briller parmi les autres par l'éclat des vertus les plus
rares ; un sceptre, symbole de la justice et de l'impar-
tialité ; enfin la pourpre, emblème d'un cœur tout dévoué aux intérêts de l'État. Un prince qui comparerait
ces insignes avec sa conduite rougirait, j'en suis sûre,

de ses ornements, et craindrait qu'un interprète malin ne tournât en dérision tous ces oripeaux de théâtre.

Que dirai-je des courtisans? Il n'y a rien de plus rampant, de plus servile, de plus sot, de plus bas, que la plupart d'entre eux, et néanmoins ils veulent paraître les premiers de la terre. Sur un point seulement ils font preuve d'une grande modestie : contents d'étaler sur leurs personnes l'or, les pierreries, la pourpre, emblèmes des vertus et de la sagesse, ils laissent à d'autres le soin de mettre ces vertus en pratique. Leur plus grand bonheur est de pouvoir appeler le roi leur maître, d'avoir appris trois mots de salutation, de faire sonner de temps en temps les titres honorifiques de

Sérénité, de Souveraineté, de Magnificence ; de bien
se farder le visage, de flatter agréablement. Voilà les
talents qui caractérisent le vrai noble et l'homme de
Cour. Mais, si vous examinez de près leur manière de
vivre, vous ne verrez en eux que *de vrais Phéaciens,*
des amants de Pénélope. Vous connaissez la suite du
vers[1] ; Écho vous la redira mieux que moi.

Ils dorment jusqu'à midi. Un chapelain mercenaire,
debout à leur chevet, leur expédie lestement une messe
qu'ils entendent presque couchés. Ils déjeunent ; le
déjeuner à peine terminé, le dîner les appelle. Après

---

1. Le vers d'Horace auquel il est fait allusion commence ainsi :

Sponsi Penelopes, nebulones.
Amants de Pénélope, vauriens.

le dîner, les dés, les échecs, le loto, les pitres, les femmes galantes, les divertissements, les fades plaisanteries. Pendant ce temps on fait une ou deux collations. Puis vient le souper, suivi de nouveaux festins. C'est ainsi que s'écoulent, à l'abri de tout ennui, les heures, les jours, les mois, les années et les siècles. Pour moi, j'ai le cœur soulevé de dégoût quand je vois ces *êtres fastueux,* ces nymphes qui se croient presque des divinités parce qu'elles traînent une longue queue, ces gros personnages qui jouent des coudes pour paraître plus près de Jupiter, tous d'autant plus fiers qu'ils portent au cou une plus lourde chaîne qui ne témoigne pas seulement de leur opulence mais de leur force.

Les souverains pontifes, les cardinaux et les évêques imitent depuis longtemps avec succès et surpassent presque la conduite des princes. Si pourtant l'un d'eux songeait que son rochet d'une blancheur éclatante est l'emblème d'une vie sans tache ; que sa mitre à deux pointes reliées par un même nœud indique la connaissance approfondie de l'Ancien et du Nouveau Testament ; que ses gants l'avertissent qu'il doit administrer les sacrements avec des mains pures et non souillées du contact des choses humaines ; que sa crosse lui recommande la plus grande vigilance pour le troupeau qui lui est confié ; que la croix qu'il porte sur sa

poitrine annonce la victoire de toutes les passions humaines ; si l'un d'eux, dis-je, venait à faire ces réflexions et bien d'autres du même genre, ne vivrait-il pas dans la tristesse et l'anxiété ? Mais aujourd'hui ils ont le bon esprit de se repaître eux-mêmes ; quant à leurs ouailles, ils en confient la garde au Christ, ou ils s'en reposent sur ceux qu'ils nomment leurs frères et sur leurs vicaires. Ils oublient que leur titre d'évêque signifie travail, vigilance, sollicitude. Mais, pour attraper de l'argent, ce sont d'excellents évêques [1] ; *ils n'ont pas la vue basse.*

---

1. Évêque vient du grec ἐπίσκοπος, qui veut dire surveillant.

Si, à leur tour, les cardinaux songeaient qu'ils sont
les successeurs des apôtres, et qu'on exige d'eux la

même conduite ; qu'ils ne sont pas les maîtres, mais
les administrateurs des biens spirituels, dont ils auront
bientôt à rendre un compte sévère ; s'ils raisonnaient
un peu sur leur costume et qu'ils se dissent : « Ce

rochet blanc n'est-il pas l'emblème de la pureté des
mœurs? Cette soutane de pourpre n'est-elle pas le
symbole de l'ardent amour de Dieu? Ce manteau aux
vastes plis, qui embrasse complétement la mule du
Révérendissime, et qui pourrait encore couvrir un chameau, ne signifie-t-il pas la charité sans bornes qui
doit parer à tout, c'est-à-dire enseigner, exhorter, ré-
primander, avertir, terminer les guerres, résister aux
mauvais princes, et sacrifier sans regret non-seulement
ses richesses, mais son sang, pour le troupeau du
Christ? D'ailleurs, a-t-on besoin de richesses quand
on représente les apôtres, qui vivaient dans la pauvreté? » Si les cardinaux faisaient ces réflexions, loin
d'ambitionner cet honneur, ils s'en démettraient volontiers, ou bien ils mèneraient une vie laborieuse et
militante, comme ont fait jadis les apôtres.

Si les souverains pontifes, qui tiennent la place du
Christ, s'efforçaient d'imiter sa vie, c'est-à-dire sa
pauvreté, ses travaux, sa doctrine, sa croix, son mépris du monde; s'ils songeaient à leur nom de pape,
qui veut dire père, et à leur surnom de très-saint, qu'y
aurait-il de plus malheureux sur la terre? Qui voudrait
acheter cet honneur aux dépens de toute sa fortune,
et, après l'avoir acheté, le conserver par le glaive, par
le poison, par toutes sortes de violences? Si une fois
la sagesse... que dis-je, la sagesse! si un seul grain de

ce sel dont parle le Christ s'emparait d'eux, quels
avantages ne perdraient-ils pas? Tant de richesses,
d'honneurs, de puissance, de triomphes, de bénéfices,
de dispenses, d'impôts, d'indulgences, de chevaux, de
mulets, de gardes, tant de plaisirs : vous voyez quel
trafic, quelle moisson, quel océan de biens j'ai em-
brassé en peu de mots. Il faudrait remplacer tout cela
par les veilles, les jeûnes, les larmes, la prière, la pré-
dication, l'étude, la pénitence et mille autres exercices
de ce genre. Remarquez en outre que tant d'écrivains,
de copistes, de notaires, d'avocats, de promoteurs, de
secrétaires, de muletiers, d'écuyers, de receveurs, d'en-
tremetteurs (j'allais me servir d'un terme un peu plus
leste, mais je crains de blesser les oreilles), enfin que
toute cette multitude d'hommes, onéreuse..., je me
trompe, je voulais dire honorable pour la cour de
Rome, mourrait de faim. Ce serait un acte d'inhu-
manité abominable, et il serait encore plus horrible de
ramener à la besace et au bâton les souverains de
l'Église, *ces vraies lumières du monde.*

Aujourd'hui, pour ce qui concerne leur ministère,
ils s'en reposent généralement sur saint Pierre et saint
Paul, qui ont du temps de reste, et ils réservent pour
eux la gloire et le plaisir. C'est ainsi que, grâce à moi,
il n'y a pas d'hommes qui mènent une vie plus douce
et plus exempte de soucis. Ils croient avoir largement

satisfait le Christ en jouant leur rôle d'évêques avec un
appareil mystique et presque théâtral, par des cérémonies, en se qualifiant de Béatitude, de Révérence,
de Sainteté, en distribuant des bénédictions et des
malédictions. Faire des miracles est un usage antique,
tombé en désuétude et qui n'est plus de mode ; enseigner le peuple est pénible ; expliquer les saintes Écritures est l'affaire des pédants ; prier, c'est perdre son
temps ; verser des larmes est bon pour les malheureux
et pour les femmes ; être pauvre est méprisable ; être
vaincu est honteux et indigne de celui qui admet à
peine les plus grands rois à baiser ses bienheureux
pieds ; mourir est affreux ; être crucifié est infamant. Il
ne leur reste que leurs armes et ces douces bénédictions dont parle saint Paul, et qu'ils prodiguent avec
tant de libéralité. Leurs armes sont les interdits, les
suspenses, les aggraves, les réaggraves[1], les anathèmes,
les effigies, et cette foudre terrible qu'ils n'ont qu'à
agiter pour précipiter les âmes des mortels au fin fond
de l'enfer. Cette dernière arme, les très-saints pères en
Jésus-Christ, les vicaires du Christ, l'emploient surtout contre ceux qui, à l'instigation du diable, essayent
d'écorner ou de rogner le patrimoine de saint Pierre.

---

1. L'aggrave et le réaggrave étaient des censures ecclésiastiques qui pré-
cédaient l'excommunication. On les prononçait dans l'église avec un appareil de cérémonies terribles et lugubres.

Bien que cet apôtre ait dit dans l'Évangile : *Nous avons tout laissé pour vous suivre,* ils lui érigent en patrimoine des terres, des villes, des tributs, des douanes, un empire. Jaloux d'imiter le Christ, ils combattent pour tout cela par le fer et par le feu, en répandant à flots le sang chrétien, et ils croient avoir défendu en apôtres l'Église, épouse du Christ, lorsqu'ils ont taillé en pièces ceux qu'ils nomment ses ennemis. Comme si les plus dangereux ennemis de l'Église n'étaient pas les pontifes impies qui font oublier le Christ par leur silence, qui l'enchaînent par des lois vénales, qui le dénaturent par des interprétations forcées, et qui le crucifient par leur conduite scandaleuse !

Parce que l'Église chrétienne a été fondée dans le

17.

sang, cimentée avec le sang et agrandie par le sang, ils gouvernent par le fer, comme si le Christ n'était pas là pour défendre les siens comme il l'entend. La guerre est une chose si cruelle qu'elle convient aux bêtes féroces, et non à l'homme ; si insensée que les poëtes la représentent comme une inspiration des Furies, si funeste qu'elle entraîne avec elle la ruine complète des mœurs, si injuste que les brigands les plus scélérats sont ceux qui la font le mieux, si impie qu'elle n'a aucun rapport avec le Christ ; et pourtant les papes négligent tout pour en faire leur unique occupation. On voit parmi eux des vieillards décrépits[1] montrer une ardeur juvénile, semer l'argent, braver la fatigue, ne reculer devant rien afin de pouvoir mettre sens dessus dessous les lois, la religion, la paix, l'humanité tout entière. Et il ne manque pas de savants flatteurs qui qualifient cette frénésie manifeste de zèle, de piété, de courage, imaginant de prouver que l'on peut tirer un fer meurtrier et le plonger dans les entrailles de son frère tout en gardant la charité parfaite que, suivant le précepte du Christ, un chrétien doit à son prochain.

Je ne saurais dire si cet exemple a été donné ou imité par certains évêques d'Allemagne qui, renonçant

---

1. Jules II.

tout bonnement au culte, aux bénédictions et autres
cérémonies, vivent en vrais satrapes et considèrent
comme une lâcheté, indigne d'un évêque, de rendre à
Dieu leur âme vaillante ailleurs que sur un champ de
bataille. Le commun des prêtres, se faisant un crime
de dégénérer de la sainteté de leurs prélats, combattent, pleins d'une humeur belliqueuse, pour la défense
de leurs dîmes, avec des épées, des javelots, des pierres,
et toutes sortes d'armes. Comme ils sont habiles à dé-
terrer dans de vieux parchemins un texte à l'aide du-

quel ils intimident les bonnes gens et leur persuadent
qu'ils doivent plus que la dîme ! Quant à leurs devoirs
envers le peuple, qui se lisent partout, ils ne s'en pré-
occupent nullement. Leur tonsure ne les avertit pas
que le prêtre doit être affranchi de toutes les passions
de ce monde et ne songer qu'aux choses du ciel. Ces
plaisants personnages prétendent s'être acquittés parfaitement de leurs devoirs en marmottant tant bien que
mal leurs oraisons. Je me demande, en vérité, si Dieu
les entend et les comprend, puisqu'eux-mêmes pour la
plupart ne les entendent ni ne les comprennent, même
lorsqu'en les chantant ils braillent à tue-tête.

Au reste, il en est des prêtres comme des profanes :
tous sont âpres à la curée, et sur ce chapitre ils connaissent parfaitement leurs droits. Quant aux charges,
ils les rejettent prudemment sur les épaules d'autrui, et
se renvoient la balle les uns aux autres. De même que
les princes laïques délèguent les diverses parties du
gouvernement à leurs ministres, qui les délèguent à
leurs commis, les prêtres, par modestie, laissent au
peuple tous les exercices de piété. Le peuple les rejette
sur ceux que l'on nomme *ecclésiastiques,* comme s'il
n'avait absolument rien de commun avec l'Église, et
que les vœux du baptême fussent insignifiants. A leur
tour, les prêtres qui se disent séculiers, comme s'ils
appartenaient au monde, et non au Christ, s'en repo-

sent sur les réguliers; les réguliers, sur les moines; les
moines relâchés, sur les moines réformés; tous à la
fois, sur les mendiants; les mendiants, sur les char-
treux, chez qui seuls la piété se cache, et se cache si
bien qu'on ne la voit presque nulle part. De même
les pontifes, si diligents pour moissonner des écus,
renvoient les travaux trop apostoliques aux évêques;
les évêques, aux curés; les curés, aux vicaires; les vicaires, aux frères mendiants qui, à leur tour, s'en re-
mettent aux tondeurs de brebis.

Mais il n'entre pas dans mon plan de scruter la vie
des pontifes et des prêtres. J'aurais l'air de faire une
satire plutôt qu'un éloge, et l'on pourrait croire que je
critique les bons princes en louant les mauvais. Le peu
que j'ai dit tend à faire voir que pas un mortel ne peut
vivre agréablement s'il n'est initié à mes mystères et si
je ne lui accorde ma protection.

Pourrait-il en être autrement, puisque la déesse de
Rhamnonte[1], qui sème le bonheur parmi les humains,
partage si bien mes sentiments qu'elle a toujours été
l'ennemie implacable des sages, et qu'elle procure
tous les avantages aux fous, même lorsqu'ils sont endormis? Vous connaissez Timothée, l'origine de son
surnom et ce proverbe qu'on lui applique : *Il remplit*

---

1. La Fortune, ainsi nommée d'un bourg de l'Attique où elle avait un
temple.

ses *filets en dormant*[1]. Vous savez aussi ce dicton :
Le hibou vole[2]. On dit au contraire des sages : *Il est
né sous la quatrième lune*[3] ; — *Il monte le cheval de
Séius*[4] ; — *Son or est de Toulouse*[5]. Mais voilà assez

de proverbes : j'ai peur qu'on ne m'accuse de piller le recueil de mon ami Érasme[1]. Je reprends donc ma thèse.

La Fortune aime les gens peu sensés; elle aime les audacieux et ceux qui ne craignent pas de dire : *Le sort en est jeté.* La sagesse, au contraire, rend timide. Aussi voyons-nous les sages aux prises avec la pauvreté, la faim, la misère, vivre dans l'oubli, l'obscurité, la haine, tandis que les fous regorgent d'écus, participent au gouvernement de l'État, en un mot jouissent de tous les avantages. Si vous faites consister le bon-

---

geaient d'or, tous ceux qui touchèrent à l'or provenant de ce pillage périrent d'une façon misérable et cruelle.

1. *Les Adages,* un des travaux les plus remarquables et les plus considérables d'Érasme.

heur *à devenir le favori des grands* [1] et à hanter ces dieux
couverts de pierreries, mes fidèles, à quoi vous servira
la sagesse, la chose du monde qu'ils détestent le plus ?
Si vous aspirez à la fortune, quel gain peut attendre le
marchand qui s'alarmera d'un parjure, rougira de dire
un mensonge et partagera tant soit peu les scrupules
fâcheux des sages sur le vol et l'usure ? Si vous ambi-
tionnez les honneurs et les richesses de l'Église, un
âne ou un bœuf y parviendra plus vite qu'un sage. Si

---

1. Horace, *Épîtres*, 1, 17, v. 35.

vous aimez le plaisir, les belles, qui en sont l'âme, se donnent de tout cœur aux fous ; elles ont horreur du sage et le fuient comme un scorpion. Enfin, quiconque veut vivre avec un peu d'agrément et de gaieté commence par exclure le sage, et admet de préférence tout autre animal. En un mot, adressez-vous à n'importe qui, papes, princes, juges, magistrats, amis, ennemis, grands, petits, vous ne réussirez que par les écus : or, comme le sage les méprise, tout le monde lui tourne le dos.

Bien que mon éloge soit un sujet inépuisable, il faut pourtant que ce discours ait une fin. Je vais donc terminer, mais auparavant je veux montrer en peu de mots que plus d'un grand écrivain m'a célébrée dans ses ouvrages et dans ses actes. On ne dira point que je suis la seule à m'applaudir follement, et les légistes ne m'accuseront pas de ne rien citer. A leur exemple, je produirai des citations *qui n'auront aucun rapport avec le sujet.*

Premièrement, tout le monde sait, grâce à un proverbe très-connu, que : *A défaut de la chose, il est bon d'en avoir l'apparence.* C'est pourquoi l'on a raison d'apprendre de bonne heure aux enfants cette maxime : *Feindre la folie à propos est le comble de la sagesse.* Jugez vous-mêmes combien la folie est un grand bien, puisque son image trompeuse, sa seule imitation, est

18

en si haute estime auprès des savants ! Horace, ce gras
et brillant pourceau du troupeau d'Épicure, s'exprime
avec encore plus de franchise ; il recommande *de mêler
la folie à la sagesse*[1] ; il est vrai qu'il a le tort d'ajouter
un peu de folie. Il dit ailleurs : *Il est doux d'extrava-
guer à propos*[2]. Dans un autre endroit, il aime mieux
*passer pour un fou insipide que de se torturer pour avoir
du bon sens*[3]. Dans Homère, Télémaque, à qui le poëte

---

1. *Odes*, IV, 12, v. 27.
2. *Ibid.*, v. 28. — 3. *Épîtres*, II, 2, v. 127-129.

prodigue toutes sortes d'éloges, est surnommé de temps en temps *follet*, et les tragiques appliquent volontiers cette épithète de bon augure aux enfants et aux jeunes gens. Le poëme divin de l'*Iliade* n'est autre chose que le tableau des passions qu'inspire la folie des peuples et des rois. En outre, quel plus bel éloge que ce mot de Cicéron : *La terre est pleine de fous?* Tout le monde sait en effet que le plus grand bien est celui qui se répand sur le plus grand nombre.

Mais de telles autorités seront peut-être sans poids aux yeux des chrétiens; j'invoquerai donc, si vous le voulez, le témoignage des saintes Écritures, afin d'étayer, ou, comme disent les savants, de fonder sur elles mes louanges. Je demanderai d'abord pardon aux théologiens de prendre cette liberté. Puis, comme j'entreprends une tâche difficile, et qu'il serait peut-être mauvais de faire faire tant de chemin aux Muses en les rappelant une seconde fois de l'Hélicon pour un sujet qui leur est complétement étranger, je pense qu'il vaut mieux, alors que je vais faire le théologien et marcher à travers ces épines, souhaiter que l'âme de Scot, plus épineuse qu'un porc-épic et qu'un hérisson, quitte un instant sa Sorbonne pour passer dans ma tête, et qu'elle retourne ensuite où elle voudra, fût-ce *au diable*. Que ne puis-je changer de visage et m'affubler du costume de théologien! Mais je crains que l'on ne m'accuse de

plagiat, et que l'on ne s'imagine que j'ai pillé les manuscrits de *nos Maîtres,* en voyant tout ce que je sais de
théologie. Il n'est pourtant pas étonnant que, vivant
depuis si longtemps en commerce intime avec les théologiens, j'aie attrapé quelques bribes de leur science.
Priape, ce dieu en bois de figuier, n'a-t-il pas saisi et
retenu quelques mots grecs pendant que son maître
lisait? Et le coq de Lucien, à force de fréquenter les
hommes, n'arriva-t-il pas à s'exprimer aussi bien
qu'eux? Commençons donc sous d'heureux auspices.

Il est écrit dans le premier chapitre de l'Ecclésiaste :
Le nombre des fous est infini. Ce nombre infini ne sem-
ble-t-il pas désigner la totalité des hommes, à l'exception

d'un très-petit nombre que personne ne saurait remarquer ? Mais Jérémie est encore plus explicite, lorsqu'il
dit au chapitre dixième : *Tout homme est devenu fou
par sa propre sagesse.* Il n'attribue la sagesse qu'à Dieu,
et laisse la folie à tous les hommes. Il avait dit un peu
plus haut : *Que l'homme ne se glorifie pas de sa sagesse.*
Pourquoi défends-tu à l'homme de se glorifier de sa
sagesse, excellent Jérémie ? Par la raison toute simple,
répondra-t-il, qu'il n'a pas de sagesse. Je reviens à
l'Ecclésiaste. Quand il s'écrie : *Vanité des vanités, tout
n'est que vanité !* qu'entend-il, sinon que la vie humaine,
comme je l'ai dit, n'est autre chose qu'un jeu de la folie ?
Il confirme pleinement les éloges de Cicéron, dont on
vante le mot que j'ai rapporté : *La terre est pleine de
fous.* Ces sages paroles de l'Ecclésiastique : *Le fou est
changeant comme la lune ; le sage est stable comme le
soleil,* que signifient-elles, sinon que tout le genre

humain est fou et que le nom de sage n'appartient
qu'à Dieu? Car la lune représente la nature humaine,
et le soleil, source de toute lumière, est l'image de Dieu.
Ajoutez à cela que le Christ, dans son Évangile, veut
que l'on ne décerne le titre de bon qu'à Dieu seul. Or,
si, d'après le témoignage des stoïciens, quiconque n'est
pas sage est fou, et si le bon et le sage ne font qu'un,
il s'ensuit nécessairement que la folie est le lot de tous
les humains.

Salomon dit, au chapitre quinzième : *La folie fait la*

joie du fou, indiquant clairement que sans la folie la vie est insipide. Il développe la même pensée dans le passage suivant : *Plus on a de science, plus on a de peine, et une grande sagesse est accompagnée d'une grande indignation.* Cet éminent prédicateur ne proclame-t-il pas la même chose au chapitre septième : *La tristesse réside dans le cœur des sages, et la joie dans celui des fous ?* C'est pourquoi il ne s'est pas contenté d'apprendre la sagesse, il a voulu aussi me connaître. Si vous ne m'en croyez pas, écoutez ses propres paroles, au chapitre premier : *Je me suis appliqué à connaître la sagesse et la science, les erreurs et la folie.* Remarquez bien que dans ce passage il rend honneur à la folie en la plaçant en dernier lieu. L'Ecclésiaste a dit, et vous savez que c'est l'usage dans les cérémonies de l'Église, que le premier en dignité doit occuper le dernier rang ; sous ce rapport, il observe fidèlement le précepte de l'Évangile.

Quant à la supériorité de la folie sur la sagesse, l'auteur de l'Ecclésiastique, quel qu'il soit, l'atteste nettement au chapitre quarante-quatrième. Mais, avant de citer ses paroles, je veux que vous facilitiez mon *induction* par une réponse accommodante, comme font dans Platon ceux qui disputent avec Socrate. Lequel vaut-il mieux cacher, d'un objet rare et précieux, ou d'un objet commun et sans valeur ? Vous vous taisez ? Eh

bien ! vous avez beau garder le silence, ce proverbe
des Grecs : *La cruche à la porte,* répond pour vous, et
ne soyez pas assez impies pour le rejeter, car c'est
Aristote, le dieu de *nos Maîtres,* qui le cite. Y a-t-il
parmi vous quelqu'un d'assez fou pour laisser dans la
rue ses bijoux et son or ? Non, je ne le crois pas. Vous
les serrez au fond de vos demeures, dans les coins les
plus secrets d'un bon coffre-fort, et vous laissez vos
ordures sur la voie publique. Donc, puisque l'on cache
les objets qui ont du prix et que l'on expose ceux qui
n'en ont pas, n'est-il pas évident que la sagesse, que
l'on défend de cacher, vaut moins que la folie, que l'on
recommande de soustraire aux regards ? Voici maintenant les propres termes du témoignage que j'invoque :
*L'homme qui cache sa folie vaut mieux que celui qui
cache sa sagesse.*

De plus, les saintes Écritures accordent au fou une
âme candide, tandis que le sage se croit sans pareil.
C'est ainsi que j'explique ce passage du dixième chapitre de l'Ecclésiaste : *Le fou qui marche dans sa voie,
étant insensé lui-même, croit que tous les autres le sont
comme lui.* N'est-ce pas le comble de la candeur de
comparer tout le monde à soi, et, quand chacun est
infatué de sa personne, d'attribuer à tous ses qualités ?
Salomon, tout grand roi qu'il était, n'a pas rougi d'un
pareil surnom, lorsqu'il a dit au chapitre trentième :

Je suis le plus fou des hommes. Et saint Paul, ce grand
docteur des Gentils, écrivant aux Corinthiens, accepte
volontiers le titre de fou : *Je parle en fou, car je le suis
plus que personne,* comme s'il y avait du déshonneur à
être surpassé en folie.

Mais j'entends murmurer certains petits Grecs, qui
veulent crever les yeux des corneilles, c'est-à-dire de la
plupart des théologiens de ce temps, en rédigeant des
annotations où ils jettent de la poudre aux yeux du lecteur. L'Alpha de cette bande, ou du moins le Bêta[1], est
mon cher Érasme, que je nomme souvent, parce que je
l'estime. « Quelle absurde citation ! s'écrient-ils, et
qu'elle est bien digne de la Folie ! La pensée de l'Apôtre
ne ressemble en rien à tes rêveries. Il ne veut point donner
à entendre qu'il est plus fou que les autres. Après avoir
dit : *Ils sont ministres du Christ, et moi aussi,* non content de s'être égalé aux autres, il a ajouté, par correction : *Je le suis plus qu'eux,* sentant bien que non-seulement il égalait les apôtres, mais qu'il leur était un peu
supérieur. Et, afin que cette vérité trop hardie n'offensât
pas les oreilles, il se couvre du manteau de la folie. *Je
parle peu sagement,* ajoute-t-il, sachant que les fous ont
seuls le privilége de dire la vérité sans blesser personne. »
Je leur laisse à débattre ce que saint Paul a voulu

---

1. La première lettre de l'alphabet des Grecs se nomme *alpha* ; la seconde, *bêta.*

dire en écrivant cela. Pour moi, je m'en rapporte à ces théologiens, grands, gros et gras, très-goûtés du public, et avec lesquels la plupart de nos docteurs aiment cent fois mieux se tromper que d'être dans le vrai avec ces savants versés dans les trois langues. Ils ne font tous pas plus de cas de ces Grecs que des geais. Du reste, un glorieux théologien[1] (dont je supprime le nom à dessein, de peur que mes geais ne lui lancent aussitôt l'épigramme grecque : *L'âne devant la lyre*, a expliqué ce passage magistralement et théologalement. De cette

---

1. Nicolas de Lyra, théologien français, né à Lyre, près d'Évreux, 1270-1340.

phrase : *Je parle en fou, car je le suis plus que personne,*
il fait un nouveau chapitre; puis, ce qui suppose une
profonde dialectique, il le coupe en deux. Voici quelle
est son interprétation (je cite ses propres paroles dans
la forme et dans le fond) : « *Je parle en fou,* c'est-à-
dire, si vous me trouvez insensé de me comparer aux
faux apôtres, je vous le paraîtrai bien davantage en me
préférant à eux. » Puis il oublie le reste et passe à
autre chose.

Mais pourquoi m'appuyer minutieusement sur l'exemple d'un seul ? Ne sait-on pas que les théologiens ont
le droit d'étendre comme une peau le ciel, c'est-à-
dire les saintes Écritures ? Dans saint Paul, les textes
sacrés offrent des contradictions qui n'existent pas dans
l'original. Si l'on en croit ce Jérôme qui possédait cinq
langues, saint Paul, ayant vu par hasard à Athènes
l'inscription d'un autel, la dénatura pour en tirer un
argument en faveur de la foi chrétienne. Il retrancha
tout ce qui pouvait nuire à sa cause, et ne garda que
ces deux mots de la fin : *Au dieu inconnu;* encore
étaient-ils altérés, car l'inscription portait : *Aux dieux
de l'Asie, de l'Europe et de l'Afrique, aux dieux inconnus
et étrangers.* C'est sans doute à son exemple que *la
race des théologiens* détache çà et là quatre ou cinq mots
qu'elle dénature au besoin pour s'en faire une arme;
bien que ce qui suit et ce qui précède n'ait aucun rap-

port avec le sujet, ou même le contredise. Elle le fait
avec une si heureuse impudence que les jurisconsultes
sont souvent jaloux des théologiens.

Que ne peuvent-ils pas oser lorsqu'on voit ce
grand [1]... (son nom a failli m'échapper, mais je crains
de nouveau le proverbe grec) tirer des paroles de saint
Luc un sens qui s'accorde avec la pensée du Christ
comme le feu avec l'eau ? A l'approche d'un de ces
grands dangers où les clients accourent en foule auprès
de leurs patrons et se disposent *à combattre avec eux*
de toutes leurs forces, le Christ voulut détruire dans

1. Nicolas de Lyra.

l'esprit de ses disciples la confiance qu'ils avaient dans
cette sorte de défense. Il leur demanda s'ils avaient
jamais manqué de rien depuis qu'il les avait envoyés en
mission dans un dénûment complet, sans chaussures
pour les garantir des ronces et des cailloux, sans une
besace pour les préserver de la faim. Sur leur réponse
que rien ne leur avait manqué, il ajouta : *Maintenant,
que celui qui a un sac ou une bourse s'en débarrasse, et
que celui qui n'en a pas vende sa tunique pour acheter
un glaive.* Comme toute la doctrine du Christ ne prêche que la douceur, la patience, le mépris de la vie,
qui ne comprend le sens de ce passage? Le Christ désarme tellement ses ambassadeurs qu'il leur recommande
de se dépouiller non-seulement de leur chaussure et
de leur bourse, mais encore de leur tunique, afin qu'ils
entrent dégagés de tout dans la carrière évangélique ;
il ne leur laisse qu'un glaive, non pas celui dont s'arment les brigands et les parricides, mais le glaive spirituel, qui pénètre jusqu'au fond des cœurs et qui y
tranche d'un seul coup toutes les passions pour n'y
laisser fleurir que la piété.

Voyez, je vous prie, de quelle façon ce célèbre théologien torture ce passage. Par le glaive, il entend la
défense contre la persécution ; par la besace, des pré-
cautions suffisantes contre le besoin : comme si le Christ,
changeant d'avis en s'apercevant qu'il a envoyé ses am-

19

bassadeurs dans un équipage peu *royal,* rétractait ses
précédentes instructions ; comme si, oubliant ce qu'il leur
avait dit, « qu'ils gagneraient le ciel en endurant les
affronts, les outrages et les supplices ; qu'ils ne devaient
jamais résister au mal, que la béatitude était le prix de
la douceur, et non de la colère ; qu'ils devaient prendre
pour modèles le lis et le passereau » ; comme si, oubliant
tout cela, dis-je, il était maintenant si loin de vouloir
qu'ils partissent sans un glaive qu'il leur commandait
de vendre leur tunique pour en acheter un, et qu'il
aimait mieux qu'ils allassent tout nus que sans l'épée
au côté. De même que notre docteur comprend sous le
nom de *glaive* tous les moyens de repousser la violence,
il entend par le mot *bourse* tout ce qui se rattache aux
besoins de la vie. Ainsi cet interprète de la pensée divine
envoie les apôtres armés de lances, de balistes, de fron-
des et de bombardes, pour prêcher un Dieu crucifié. En
même temps il les charge de valises, de sacs et de bagages,
sans doute afin qu'ils ne puissent pas quitter l'hôtellerie
à jeun. Notre homme ne songe pas que le Christ, qui
avait tant recommandé l'achat d'un glaive, ordonne
ailleurs de le remettre dans le fourreau, en en blâmant
l'usage, et qu'on n'a jamais ouï dire que les apôtres
se soient servis de glaives et de boucliers contre les
violences des païens, ce qu'ils n'auraient pas manqué de
faire si le Christ avait eu les intentions qu'il lui prête.

Un autre, qui n'est pas sans réputation et dont je tais le nom par respect, a pris la peau de saint Barthélemy, qui fut écorché vif, pour les tentes dont parle Habacuc : *Les peaux de la terre de Madian seront en confusion.*

J'assistai l'autre jour à une thèse de théologie, comme cela m'arrive souvent. Quelqu'un demanda quel était donc le décret des saintes Écritures qui ordonnait de punir les hérétiques par le feu, au lieu de les convaincre par la discussion. Un vieillard à la mine sévère, et dont la morgue annonçait bien un théologien, répondit avec véhémence que l'apôtre saint Paul avait dicté cette loi en disant : *Évitez* (« devita ») *l'hérétique après un ou deux avertissements.* Il répéta plusieurs fois ces paroles d'une voix tonnante, au point qu'on se demandait s'il n'avait pas perdu la tête, et finit par expliquer que l'hérétique devait être retranché du nombre des vivants (*de vita*). Quelques-uns se mirent à rire; d'autres trouvèrent cette invention tout à

fait théologique. Mais comme plusieurs se récriaient, survint *un avocat de Ténédos,* comme l'on dit, un docteur irréfragable. « Écoutez-moi, dit-il ; il est écrit : *Ne laissez pas vivre le malfaisant.* Or tout hérétique est malfaisant : donc, etc. » Tous les assistants furent frappés du génie de cet homme, et son raisonnement obtint les suffrages de ces rustres. Il ne vint à l'esprit de personne que cette loi regardait les sorciers, les enchanteurs et les magiciens, que les Hébreux désignent sous le nom de *malfaisants.* Autrement la fornication et l'ivresse entraîneraient aussi la peine capitale.

Mais je suis folle de relever ces absurdités, si innombrables que tous les volumes de Chrysippe et de Didyme ne suffiraient pas à les contenir. Je voulais seulement vous faire remarquer que, puisque ces maîtres divins ont pris de telles libertés, moi, qui ne suis qu'*un théologien de paille,* j'ai droit à l'indulgence si toutes mes citations ne sont pas rigoureusement exactes. Je reviens enfin à saint Paul. *Vous supportez volontiers les fous,* dit-il en parlant de lui-même. Il ajoute : *Acceptez-moi comme fou.* Ensuite : *Je ne parle pas selon Dieu, mais comme dans un accès de folie.* Il dit encore : *Nous sommes fous pour le Christ.* Quel pompeux éloge de la folie ! et par quelle bouche ! Il va plus loin, il recommande hautement la folie comme

19.

une chose très-nécessaire et de la plus grande utilité : *Que celui d'entre vous qui se croit sage devienne fou pour être sage.* Et, dans saint Luc, Jésus appelle fous les deux disciples qu'il rencontra sur la route d'Emmaüs. Faut-il donc s'étonner si ce divin Paul attribue à Dieu lui-même un grain de folie ? *La folie de Dieu,* dit-il, *vaut mieux que la sagesse des hommes.* Il est vrai qu'Origène, dans son commentaire, ne veut pas que l'on prenne cette folie au pied de la lettre, non plus que dans cette phrase : *Le mystère de la croix est une folie pour ceux qui périssent.*

Mais pourquoi me tourmenter vainement à recueillir tant de témoignages ? Dans les psaumes mystiques, le Christ, en parlant à son Père, ne s'écrie-t-il pas : *Vous connaissez ma folie ?* D'ailleurs, ce n'est pas sans raison que les fous plaisent tant à Dieu. A mon sens, de même que les monarques se méfient des gens trop sensés et les ont en horreur, témoin Jules César, qui ne pouvait souffrir Brutus et Cassius, et auquel l'ivrogne Antoine n'inspirait aucune crainte[1], témoin la conduite de Néron envers Sénèque et celle de Denys envers Platon, tandis qu'ils se plaisent avec les esprits

---

1. Les amis de César lui conseillèrent de se tenir en garde contre les manœuvres d'Antoine et de Dolabella. « Non, répondit-il, ce ne sont pas ces débauchés qui sont à craindre ; ce sont les maigres et les pâles. » Il désignait par là Brutus et Cassius.

simples et grossiers ; de même le Christ déteste et condamne à jamais ces *sages* qui se parent de leur sagesse.
Saint Paul l'atteste clairement par ces paroles : *Dieu a*
choisi ce que le monde taxe de folie ; et par celles-ci :
Dieu a voulu sauver le monde par la folie, parce qu'il
ne pouvait être régénéré par la sagesse. Dieu lui-même
le déclare hautement quand il s'écrie, par la bouche du
prophète : *Je perdrai la sagesse des sages et la prudence*
des prudents, et lorsqu'il se félicite d'avoir caché aux
sages le mystère du salut et de l'avoir révélé aux petits, c'est-à-dire aux fous : car dans le grec, au lieu de
petits, le mot *simples* est opposé à celui de *sages*.

Ajoutez que le Christ, dans l'Évangile, attaque à
chaque instant les pharisiens, les scribes, les docteurs
de la loi, et qu'il entoure de sa protection la foule
ignorante. Ces paroles : *Malheur à vous, scribes et
pharisiens !* ne signifient-elles pas : Malheur à vous,
sages ? Des enfants, des femmes, des pêcheurs, voilà
ses favoris. Même parmi les animaux, il préfère ceux
qui s'éloignent le plus de la finesse du renarp. Aussi
choisit-il un âne pour monture, lui qui, s'il l'eût voulu,
aurait pu sans crainte enfourcher un lion. Le Saint-
Esprit est descendu sous la forme d'une colombe, et
non sous celle d'un aigle ou d'un milan. Dans les
saintes Écritures, il est fait mention à chaque page des
cerfs, des faons et des agneaux. Ajoutez que Jésus
nomme *ses brebis* ceux qu'il destine à la vie éternelle.
Qu'y a-t-il de plus sot que ces animaux ? Je n'en veux
pour preuve que ce mot d'Aristote : *Tête de brebis,*
locution, dit-il, qui, empruntée à la stupidité de cette
bête, s'adresse comme une injure aux gens imbéciles
et bornés. Voilà pourtant le troupeau dont le Christ
se déclare le pasteur. Que dis-je ! le nom d'*agneau* lui
plaisait infiniment. Saint Jean, pour le désigner,
s'écrie : *Voici l'agneau de Dieu !* et cette expression se
rencontre fréquemment dans l'Apocalypse. Que signifie tout cela, sinon que tous les mortels sont fous,
sans en excepter les saints, et que le Christ lui-même,

pour remédier à la folie des hommes, bien qu'il soit *la sagesse de son père,* s'est fait en quelque sorte fou, puisqu'en prenant la nature humaine *il s'est fait homme physiquement,* de même qu'il s'est fait le péché pour remédier aux péchés? Il n'a voulu employer d'autre remède que la folie de la croix, et des apôtres ignorants et bornés. Il les détourne de la sagesse et leur recommande soigneusement la folie, quand il leur cite pour modèles les enfants, les lis, le sénevé, les passereaux, tous êtres stupides, privés d'intelligence, vivant au gré

de la nature, sans art, sans prévoyance ; quand il leur
défend de songer à ce qu'ils répondront devant les tribunaux, et qu'il leur interdit d'épier les occasions et
les circonstances, ne voulant pas qu'ils comptent sur
leur habileté, mais qu'ils se reposent entièrement sur
lui. C'est dans cette vue que Dieu, l'architecte de l'univers, défendit, sous peine de châtiment, de goûter de
l'arbre de la science, comme si la science était le poison
du bonheur. D'ailleurs, Paul la réprouve hautement
comme une source d'orgueil et de dangers. Saint Bernard, partageant cette opinion, prétend que la montagne sur laquelle Lucifer s'installa est la montagne de
la science.

Mais n'oublions pas l'argument que voici. La folie
jouit des faveurs du Ciel, puisqu'il n'accorde qu'à elle
seule le pardon des fautes, et qu'il le refuse au sage. De
là vient que les sages qui ont péché se servent, pour
obtenir leur pardon, du manteau et du patronage de la
folie. Aaron, si j'ai bonne mémoire, implore en ces
termes la grâce de sa sœur dans le livre des Nombres :
*Je vous en prie, Seigneur, ne nous imputez pas ce péché
que nous avons commis follement.* Saül, s'excusant
auprès de David : *Il paraît,* dit-il, *que j'ai agi comme
un fou.* David, à son tour, apaise ainsi le Seigneur :
*De grâce, Seigneur, oubliez la faute de votre serviteur,
parce que j'ai agi follement,* comme s'il ne pouvait ob-

tenir son pardon qu'en prétextant la folie et l'ignorance.
Mais une preuve plus décisive, ce sont les paroles du
Christ sur la croix, priant pour ses ennemis : *Mon père,
pardonnez-leur ;* il n'allègue d'autre excuse que l'ignorance : *parce qu'ils ne savent pas ce qu'ils font.* Paul
écrit de même à Timothée : *Si j'ai obtenu la miséricorde de Dieu, c'est que j'ai agi par ignorance dans l'in-
crédulité. J'ai agi par l'ignorance* signifie proprement :
j'ai agi par folie, et non par méchanceté. *Si j'ai obtenu*

la miséricorde de Dieu veut dire qu'il ne l'aurait point obtenue s'il n'avait pas eu recours au patronage de la folie. L'auteur des psaumes mystiques plaide pour nous dans ce passage, que j'ai oublié de citer en son lieu : *Oubliez les fautes de ma jeunesse et mes erreurs.* Vous voyez les deux motifs qu'il invoque pour son excuse : la jeunesse, dont je suis la compagne ordinaire, et des erreurs, dont le nombre considérable atteste une large dose de folie.

Mais, pour en finir et pour abréger, je dirai que la religion chrétienne semble avoir une sorte d'affinité avec la folie, et qu'elle ne s'accorde nullement avec la sagesse. En voulez-vous des preuves ? Remarquez d'abord que les enfants, les vieillards, les femmes et les sots aiment particulièrement les cérémonies religieuses, et qu'ils se tiennent toujours près des autels, guidés uniquement par l'instinct de la nature. Vous voyez ensuite que les premiers fondateurs de cette religion, faisant le plus grand cas de la simplicité, ont été les adversaires implacables de la science. Enfin il n'y a pas de fous comparables à ceux que l'ardeur de la piété chrétienne enflamme tout d'un coup. Ils prodiguent leurs biens, méprisent les injures, se laissent tromper, ne mettent pas de différence entre leurs amis et leurs ennemis, abhorrent le plaisir, se repaissent de jeûnes, de veilles, de larmes, de fatigues, d'humiliations. Dé-

goûtés de la vie, ils ne désirent que la mort ; en un
mot, ils paraissent avoir perdu totalement le sens commun, comme si leur âme vivait ailleurs que dans leur
corps. Ne sont-ce pas là tous les symptômes de la folie ? Ils ne faut donc pas s'étonner si les apôtres ont
été pris pour des gens ivres, et si, aux yeux du juge
Festus, Paul a passé pour un fou. Mais, puisque j'ai
revêtu *la peau du lion,* je veux aller plus loin et vous
démontrer que la félicité que les chrétiens achètent au
prix de tant de sacrifices n'est qu'un certain genre de
démence et de folie. Ne vous scandalisez pas des
mots ; n'envisagez que la chose.

Premièrement, les chrétiens sont presque d'accord avec les platoniciens pour reconnaître que l'âme est enveloppée et emprisonnée dans les liens du corps, et que l'épaisseur de la matière l'empêche de contempler la vérité et d'en jouir. Platon définit la philosophie « l'étude de la mort[1] », parce qu'elle détache l'âme des choses visibles et matérielles, comme le fait la mort. Aussi, tant que l'âme fait bon usage des organes du corps, on la dit sensée ; mais lorsque, rompant ses liens, elle veut s'affranchir et tente de s'échapper de sa prison, elle est réputée folle. Si cette situation provient de la maladie ou de la faiblesse des organes, la folie ne laisse aucun doute. Et pourtant nous voyons ces fous prédire l'avenir, connaître des langues et des sciences qu'ils n'avaient jamais apprises, et donner la marque d'une intelligence divine. Cela vient évidemment de ce que l'âme, un peu dégagée du contact du corps, commence à retrouver sa vertu naturelle. C'est par la même raison qu'il arrive quelquefois aux mourants de tenir un langage prophétique et inspiré. Si pareille chose se produit par une piété vive, ce n'est plus de la folie, mais cela lui ressemble tellement que la plupart des hommes s'y trompent, d'autant plus que cet exemple assez rare est fourni par de pauvres hères que

---

1. *Phédon.*

leur genre de vie met complétement en dehors de l'humanité. Ils sont dans la situation de ces gens que Platon nous dépeint dans une allégorie. Enchaînés au fond d'une caverne, ils admirent les ombres des objets : l'un d'eux qui s'était échappé, de retour dans la caverne, annonce à ses camarades qu'il a vu les objets véritables, et qu'ils se trompent fort en prenant des ombres vaines pour la réalité. Ce sage plaint et déplore la folie de ses camarades, dupes d'une si grossière erreur. Ceux-ci, à leur tour, se moquent de lui comme d'un extravagant et le chassent. De même, pour le commun des hommes, plus une chose est matérielle, plus ils l'admirent ; ils ne voient rien au delà. Pour les dévots, au contraire, plus une chose se rapproche de la matière, moins ils en font de cas ; ils s'adonnent tout entiers à la contemplation des objets invisibles. Les mondains assignent le premier rang aux richesses, le second aux qualités du corps, et placent l'âme en en dernier lieu ; la plupart même croient qu'elle n'existe pas, parce qu'on ne la voit point avec les yeux. Les dévots ne vivent absolument que pour Dieu, qui est l'être simple par excellence, et ensuite pour l'âme, qui se rapproche le plus de l'image de Dieu. Ils négligent le soin du corps, méprisent souverainement l'argent comme des immondices, et le fuient. S'ils sont obligés de le manier, ils ne le font qu'avec répugnance et dé-

goût : *ils ont comme s'ils n'avaient pas ; ils possèdent comme s'ils ne possédaient pas*[1].

Il existe entre eux une différence complète dans toutes les choses de la vie. Quoique tous les sens tiennent du corps, il en est de plus grossiers les uns que les autres, comme le toucher, l'ouïe, la vue, l'odorat, le goût. La mémoire, l'entendement, la volonté, sont moins dépendants du corps. Or, là où l'esprit concentre ses efforts, il prévaut. Les dévots, appliquant toute la force de leur intelligence aux choses les plus étrangères aux sens grossiers, finissent pour ainsi dire par en perdre totalement l'usage ; les mondains, au

---

1. Saint Paul, *Épître aux Corinthiens*, I, 7.

contraire, excellent dans l'exercice des sens et n'entendent rien au reste. C'est pour cela qu'il est arrivé, dit-
on, à de saints personnages de boire de l'huile pour
du vin.

Parmi les passions, il en est qui ont une étroite
affinité avec le corps, par exemple : la luxure, la gour-
mandise, la paresse, la colère, l'orgueil, l'envie. Les
dévots leur font une guerre implacable ; les mondains
s'imaginent, au contraire, que sans elles on ne vit pas.
Il y a ensuite des passions mixtes et en quelque sorte
naturelles, comme l'amour de la patrie, la tendresse

pour ses enfants, pour ses parents, pour ses amis. Le monde est accessible à ces sentiments ; les dévots s'efforcent de les déraciner de leur cœur, ou plutôt de les spiritualiser. Ainsi, ils aiment leur père non comme étant leur père, car il n'a engendré que leur corps, qu'ils doivent encore plus à Dieu, père de toutes choses ; mais comme un homme de bien en qui brille l'image de cette intelligence divine qu'ils considèrent seule comme le bien suprême, et hors de laquelle ils prétendent qu'on ne doit rien aimer ni rien désirer. Ils appliquent cette règle à tous les devoirs de la vie. S'ils ne font pas fi complétement de tous les objets visibles, ils les mettent du moins bien au-dessous des objets invisibles.

Ils disent que jusque dans les sacrements et dans les devoirs de la piété figurent le corps et l'esprit. Dans le jeûne, par exemple, ils comptent pour peu de chose l'abstinence de la viande et la privation d'un repas (ce qui pour le vulgaire constitue tout le jeûne), si en même temps on ne réprime ses passions en modérant sa colère et son orgueil, afin que l'âme, dégagée du poids du corps, puisse connaître et goûter les biens célestes. De même, au sujet de la messe, sans en dédaigner les cérémonies, ils disent que par elles-mêmes elles sont peu utiles et même nuisibles, si l'on ne se pénètre du sens spirituel figuré par les symboles. La messe est la représentation de la mort du Christ. C'est en domptant leurs passions, en les étouffant, en les ensevelissant, pour ainsi dire, que les mortels doivent la reproduire, afin de renaître à une vie nouvelle pour ne faire qu'un avec le Christ et entre eux. C'est ainsi que pensent et agissent les dévots. Les mondains, au contraire, croient que le sacrifice de la messe consiste simplement à se tenir devant l'autel, le plus près possible, à écouter le bruit des chants, à regarder les cérémonies. Ce n'est pas seulement dans les cas que je viens de citer, c'est dans sa vie entière, que le dévot évite tout ce qui se rattache au corps, pour s'élever vers les objets éternels, invisibles et spirituels. Aussi, en raison de cette différence absolue qui les divise sur toutes choses, les uns et les autres se taxent réciproquement de folie. J'avoue que, selon moi, ce mot appartient mieux aux dévots qu'aux mondains. Pour vous en convaincre, je vais vous démontrer brièvement, comme je l'ai promis, que cette félicité suprême n'est autre chose qu'un genre de folie.

Remarquez d'abord que Platon abondait dans mon sens lorsqu'il a écrit que le délire des amants était la plus grande des félicités. En effet, celui qui aime ardemment vit non en lui, mais dans l'objet aimé, et plus il se détache de lui-même pour s'identifier avec cet objet, plus il est heureux. Quand l'âme veut échapper du corps et qu'elle ne maîtrise plus ses organes, il y a évidemment délire. Autrement, que signifieraient ces expressions vulgaires : *Il est hors de lui*..... *Revenez à vous*..... *Il est revenu à lui*..... Or, plus l'amour est parfait, plus le délire est profond et délicieux. Quelle sera donc cette vie des bienheureux après laquelle les âmes pieuses soupirent si ardemment? L'esprit, tout-puissant et victorieux, absorbera le corps, et cela d'autant plus aisément que pendant la vie il l'aura préparé à cette transformation par le jeûne et la pénitence. A son tour, l'esprit sera absorbé par cette intelligence souveraine qui lui est infiniment supérieure : d'où il résulte que l'homme tout entier sera hors de lui-même, et qu'il ne sera heureux qu'à la condition de ne plus s'appartenir, pour goûter les douceurs ineffables de ce souverain bien qui concentre tout en lui.

Il est vrai que ce bonheur parfait n'aura lieu que quand l'âme, ayant repris son ancien corps, jouira de l'immortalité. Néanmoins, comme la vie des dévots n'est autre chose qu'une étude et en quelque sorte une image de cette vie, il leur arrive parfois d'éprouver un avant-goût de cette récompense. Quoique ce ne soit qu'une toute petite gouttelette au prix de cet océan de la félicité éternelle, elle surpasse de beaucoup tous les plaisirs du corps, lors même que l'on réunirait ensemble toutes les jouissances de tous les mortels, tant le spirituel l'emporte sur le matériel et l'invisible sur le

visible ! C'est là ce que prédit le prophète : *L'œil n'a pas vu, l'oreille n'a pas ouï, et le cœur de l'homme n'a jamais senti ce que Dieu a préparé pour ceux qui l'aiment*[1]. C'est en cela que consiste la part de folie, que la mort ne détruit pas, mais complète. Or ceux qui jouissent

---

1. Isaïe, cité par saint Paul dans sa première Épître aux Corinthiens, ch. II, v. 9.

de ce bonheur (et le nombre en est très-petit) éprouvent des transports qui ressemblent à la démence. Ils tiennent des discours sans suite, qui n'ont rien de naturel, articulent des mots vides de sens et changent successivement de physionomie. Tantôt joyeux, tantôt abattus, ils pleurent, rient, gémissent, en un mot ils sont véritablement tout hors d'eux-mêmes. Puis, quand ils sont revenus à eux, ils ne savent plus où ils étaient, s'ils étaient dans leur corps ou hors de leur corps, éveillés ou endormis; ils ne se souviennent que comme à travers un brouillard ou un songe de ce qu'ils ont vu, ouï, dit et fait; ils savent seulement qu'ils ont été très-heureux pendant leur délire. Aussi regrettent-ils amèrement d'avoir recouvré la raison ; ils donneraient tout au monde pour jouir éternellement de cette sorte de folie. Ce n'est pourtant qu'un faible avant-goût de leur future félicité.

Mais voilà longtemps que je m'oublie et que je *franchis les limites*. S'il vous semble que j'ai jasé avec trop de sans-gêne et de loquacité, songez que c'est la Folie, et que c'est une femme, qui a parlé. Mais en même temps rappelez-vous ce proverbe grec : *Souvent un fou parle à propos*, à moins que vous ne pensiez qu'il ne soit pas applicable aux femmes. Je vois que vous attendez une péroraison; mais vous êtes bien fous si vous croyez que je me rappelle un seul mot de tout le fatras que je vous ai débité. Un vieil adage dit : *Je hais le convive qui a de la mémoire.* En voici un nouveau : *Je hais l'auditeur qui se souvient.* Par conséquent, portez-vous bien, applaudissez, vivez, buvez, illustres adeptes de la Folie.

FIN

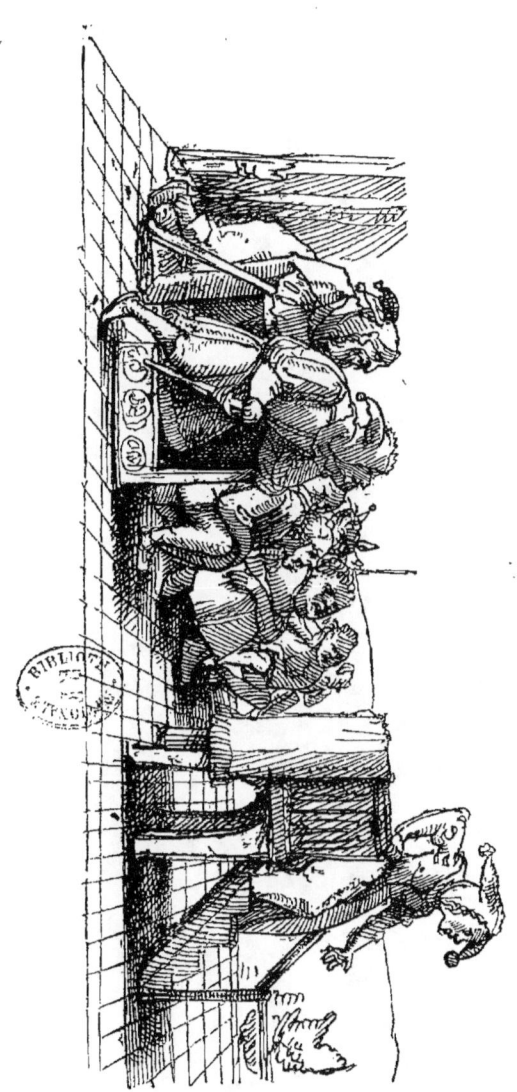

LÉGENDES DES GRAVURES[1]

1. Les dessins d'Holbein ont tous pour légendes des passages du texte, mais nous devons prévenir le lecteur que, par suite de nécessités typographiques, la légende ne se trouve pas toujours à la page même de la gravure, et qu'on doit souvent l'aller chercher à la page précédente ou à la suivante. — Le numéro de page porté à notre table est celui de la gravure. — Quant aux chiffres romains, ils indiquent l'ordre dans lequel viennent les dessins.

1. Le mot *Holbein*, qui surmonte la gravure, est écrit de la main
d'Érasme.

2. Sur l'exemplaire de Bâle, Érasme a donné en ces termes l'explication
de cette gravure : *L'âme de Scot rend par le bas de sots arguments.*

IOV AVST

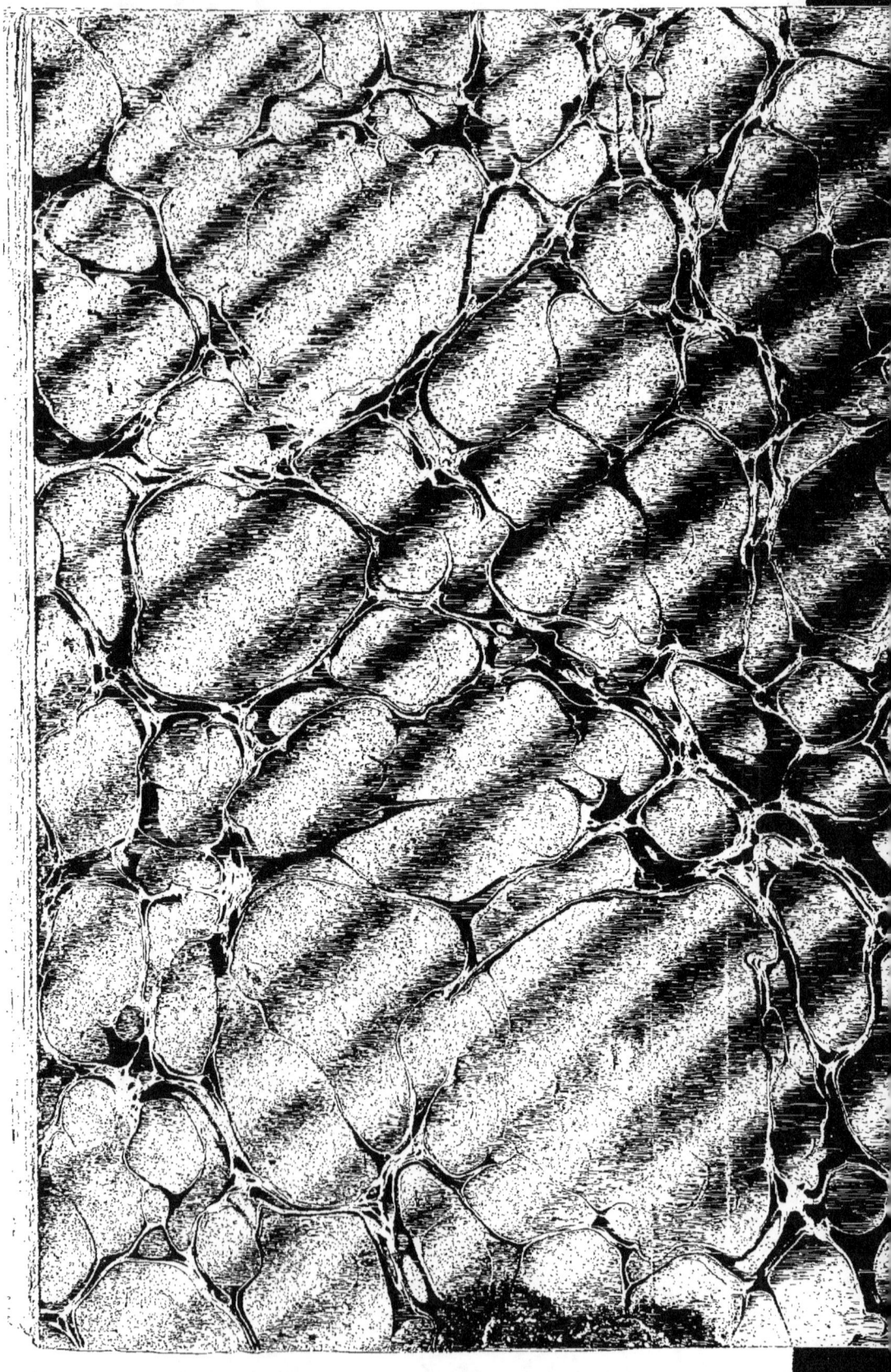

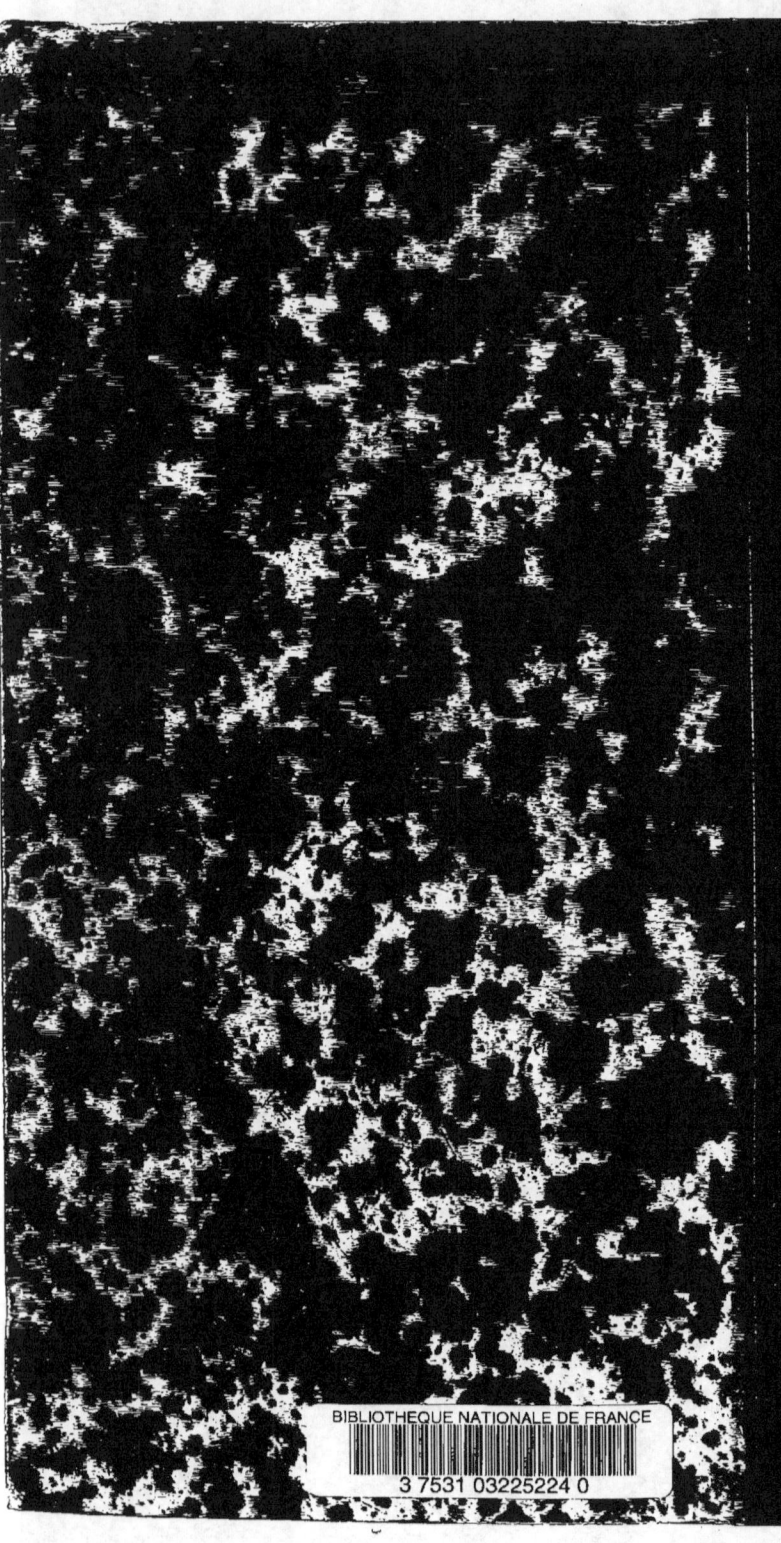